狼王は金の子山羊を溺愛する

釘宮つかさ

illustration:
やすだしのぐ

prism
bunko

CONTENTS

狼王は金の子山羊を溺愛する

＊

春の日の昼下がり、山頂にほど近い緑深い森の中をシリルは駆けていた。

新緑の木々に囲まれた小道は空まで豊かな葉に覆われている。天に向かって枝を伸ばしたその木々の狭間から、煌めく木漏れ日が射し込み、子ヤギの小さな足元を照らし出す。ぽつぽつと地面で輝いている光の上をまだ柔らかな蹄《ひづめ》で踏み、シリルはぴょんぴょんと跳びはねながらご機嫌に進んでいく。

（あたたかくて、とってもいい気持ち）

優しいそよ風がさらさらの被毛をそっとくすぐるように撫でる。時折通りかかる顔見知りの野ウサギやリスたちと追いかけっこをしたり、囀《さえず》る小鳥たちに挨拶をしながら、取り立てて目的もなく、気の向くままに行きたいほうへと蹄を向ける。

自然に溢れたこの森の一角は、国の聖地として王家によって厳重に管理されている。そのおかげで、ここにはシリルを獲物だと認識して襲いかかってくるような猛獣はおらず、何ひとつ警戒する必要はなく、ただのんびりと心地のいい散歩を楽しむ。

もう少し先まで行けば、綺麗な湧水が溜まっているお気に入りの水場がある。そこでちょっと喉を潤したら、日が暮れる前に元の姿に戻って家に帰らなきゃ……と、シリルが考えていたときだった。

『気をつけて』『誰かいるわ』

耳元をくすぐるような囁き声が聞こえた。ふわりとそばを過ぎ去っていったのは、小鳥ほどの大きさの精霊たちだ。

（なに……？）

辺りを見回すより先に、木々の隙間から小道のずっと先に、誰かがいることに気づく。シリルは慌ててぴたりと足を止めた。

その男の子は、どうやら子供のようだ。おそらく十歳かそこらだろう。シリルの住む山奥にあるアルデの村では見たこともない、小さな貴族のように整った身なりをした少年は、まだこちらには気づかない様子で、帽子を被った頭をうつむかせ、木の根元に座り込んで確かめるように足首に触れている。

精霊たちにこの子は誰か訊ねようとしたが、気ままな彼女たちはすでにどこかへ行ってしまったようで見当たらない。

薄い茶色の目を凝らしてじーっと見つめる。

（この子、どうやってこの森に入ってきたんだろう……あ、もしかして、足をくじいちゃったの？）

よくよく見てみると、少年のズボンの膝は土で汚れている。その上着の肘には、木の枝か何かで引っかけたのか、破れがあった。

心配と興味が半々で、垂れた耳をぴくぴくさせながら、シリルはまだ少し距離のある木の陰に身を潜め、精霊たちが知らせてくれたその男の子をまじまじと観察した。

木漏れ日と葉の影がその子の顔にかかっている。帽子を被った艶やかなダークブラウンの髪に、はっきりとした顔立ちをした、目力の強い男の子だ。

この山は牧羊神が生まれたとされる特別な場所だ。さらにここは、山の中に住む牧羊神の末裔であるシリルの一族を保護するため、あらゆる者の目から遮断されるよう強固に守られた森の中なのだ。いまいるこの場所まで街から人が来るとしたら、ふもとから山の中腹辺りまで二重に張り巡らされた背の高い鉄柵を越えてこなければならない。しかも、どちらの柵の入り口にも警護の者がいて、周囲を見回っている。だから、シリルの一族とはまったく無関係の子供がこんな奥深くまで迷い込んでくるようなことはまず考えられないのだ。

この少年がどうやってここまで来てしまったのかはさっぱりわからないが、大人では通れないような鉄柵の隙間を見つけて、入り込んでしまったのかもしれない。

男の子はやはりどこかで足をくじいたらしく、座り込んだまま、足首を撫でて深くため息を吐いている。

歩けないなら、誰か助けを呼んできてあげなければならない。

できることならすぐに駆け寄って具合を訊ね、助けてあげたいと思うけれど、シリルは誰にも姿を見られてはいけないと厳命されている。

なぜならシリルは、山羊族の中でも極めて珍しく、滅多に生まれることのない〝金色の子山羊〟だからだ。

伝説の牧羊神は金色の毛をした子山羊で、同じ毛色を持つ山羊獣人は、その生まれ変わりとして特別な力を授って生まれる。

同族の山羊獣人たちは、皆純白の毛並みをしている。だが、シリルの体には、垂れた耳と尻尾、それから足首の辺りにはっきりと金色の毛が生えている。人の姿になったときの髪も金色だ。しかしそれらの事実は、ある事情から山羊族の仲間たち以外には決して知られてはならない秘密とされている。

だからもし、この子に金色の被毛を見られたなどということがわかれば、いまは月に数回、森を散策することを許されているこの自由も、きっと禁止されてしまうことだろう。

（あの子に気づかれないように、こっそり村に戻って……それで、誰か大人を呼んできてあげなきゃ……）

シリルがそう考えたときだ。

木立の間を少し強めの風が吹き抜けた。冷えたのか、その男の子が「くしゅん！」と大きなくしゃみをして、反動で彼が被っていた帽子が脱げて足元に落ちる。少年は慌てて帽子を拾って被り直したが、その前にシリルの目は、帽子の下に隠されていた獣耳と、彼の臀部から生えているふさふさの尾をはっきりと捉えていた。

――この子、狼族なんだ！

狼獣人のヴォルフ王家は、山羊族のシリルが住むアルデの村や山を含めたこのレーンフェルト王国一帯を長く統治してきた一族だ。国王を含めた王族も皆狼族の者で占められていて、この国では狼耳と尻尾は彼らの濃い血の象徴とされて敬われている。

だが、まだ五歳のシリルは、山から下りるどころか、山を囲むふたつの柵の外に出たことすらない。だから、これまでに見たことがある狼族といえば、見張り番のためにそれぞれの柵の警護に派遣されてきた軍人たちと、彼らが相棒として使う、よく訓練された獣のオオカミたちだけだ。

それでも、この少年の狼耳と、ズボンの尻から生えた、耳と同じ色をした立派な尻尾を見れば、彼がヴォルフ王族の血を濃く引いていることは明らかだ。

シリルの山羊族と狼族は、古《いにしえ》の時代から深い関わりがある間柄で――つまり狼獣人のこの子は、山羊獣人の自分にとって敵ではないのだ！

なーんだ、と内心でホッと胸を撫で下ろし、その瞬間にシリルは心の中で決断すると、即座に動き始めた。

先ほど目指していた水場まで急いで駆けていくと、その場で人間の姿に戻る。一番大きな木の根元に畳んで置いておいた服を身に着け、いつも被っている帽子を被り、蜂蜜のような色の金髪と、金色の被毛に包まれた山羊耳をちゃんとその中に押し込んで隠す。毛色を見せてはいけないのは、『一族以外の誰にも』だと、物心つく前から懇々と嫌というほど厳しく言い含められているので、たとえ友好的な間柄の狼族の子であっても見られるわけにはいかない。ヤギの姿のままでは毛色を隠しようもないので、ともかく人形《ひとがた》に戻り、帽子を被らないことには、シリルはあの子の前に姿を見せることができないのだ。

(あの子が、あの場所にいてくれますように……!)

着替えを済ませると、そう祈りながら、少年を見かけた元の場所まで全速力で駆け戻った。祈った通り、まだ少年はそこにいた。ちょうどいま、どうにか立ち上がり、足を引きずりながら歩き始めようとしているところだった。だが、進もうとしている方角は、ふもとに繋がる道ではない。やはりあの子は戻る道を見失ってしまっているのだと確信する。

シリルは少年が進もうとしている道の前方に回り込むと、生い茂った木々の間から、思い切ってぴょんと彼の前に飛び出した。

「わっ⁉」

驚いて少年が尻もちをつく。また帽子が脱げて、ぴんと立った立派な狼耳があらわになった。

こちらを凝視する男の子は、転んでしまって恥ずかしいのか、少し顔をしかめながら慌てて帽子を拾うと、ぎこちない動きで立ち上がる。帽子を手に掴んだまま、息を詰めるようにしてじっとシリルを見つめてきた。

「君……、どこから来たの……？」

少し高い声で、戸惑うように訊ねられる。

彼との間にはまだ、手を伸ばした程度では触れられないくらいの距離がある。彼の目に、帽子を被ったシリルは、ごく普通の子供に見えているはずだ。

狼族の少年に会うのは初めてで、大きな目で凝視されると、どうしていいのかわからなくなってしまった。

「え、えと……」

すると、立ち止まっているのをいいことに、困って口籠もっているシリルの足元から、仲良しのリスがちょこまかと駆け上がってきて、肩の上にちょこんと座った。さらにはどこかから飛んできた蝶が、帽子の側面にそっと止まる。ちょうどいい休憩場所を見つけた！と言わんばかりにリスに乗られたり、蝶の止まり木代わりにされるのはいつものことだ。なぜかシリルが森を散歩していると、人の姿のときもヤギの姿のときも、森に住む小動物や鳥や昆虫たちがこうして会いに出てきてくれる。特に言葉が通じるわけではないけれど、シリルはなんとなくこの森に住む生き物たちの気持ちがわかる気がした。

彼らのほうも、シリルのことを顔見知りの散歩仲間だと思ってくれているのだろう。そんなふうにリスと蝶に懐かれているシリルを見ると、少年は大きな目をいっそう丸くした。

頑張って、と言うみたいに、リスが肩の上でくるっと回る。

勇気を振り絞って、シリルは口を開いた。

「あの、……ぼく、つれて、く」

その言葉を聞くと、少年が驚いたように目を瞬かせた。

伝わったのか、伝わらなかったのかわからない。シリルはまだ獣人としての体が安定しておらず、山羊耳と尻尾がある獣人の姿と、獣のヤギの姿で過ごす時間は半々くらいだ。その上、特別な存在だからと、村長から村の山羊獣人の子供たちと遊ぶことを禁じられているために、会話をする相手は村長と乳母くらいのもので、人の言葉はまだ拙い。しかもいまは緊張しているせいか、思い通りに気持ちを伝える言葉が出てこない。それでも、なんとかしてわかってもらわなくてはと、必死にシリルは続けた。

「あんない……えと、んと、……と、ともだち」

〝狼族は友達だから、柵のところまで、ぼくが案内してあげる〟

そんな気持ちを伝えたくて、たどたどしく言うと、狼族の少年の目が嬉しげに見開かれた。

(伝わった!)

歓喜で胸がいっぱいになり、嬉しさのあまり、シリルは思わずその場でぴょんと大きくひとつ跳ねる。

すると、帽子に止まっていた蝶はふわっと空に舞い上がり、肩の上のリスも驚いたらしく地面に飛び降りてしまう。

「あっ、ご、ごめん!」

急いで彼らに謝ってから、狼族の男の子に目を向ける。彼もまた、もじもじしながら話していた子供がいきなり跳ねたことに、目を丸くしているようだ。

シリルはくるっとその場で彼に背を向けると、服の中に収まっていて見えない短い尻尾をぷるぷるぷるっと何度か振る。さらには蹄をトントンと地面に叩きつけるように靴の先で地面をつつき、彼にせいいっぱいの合図をしてみせた。

(ほら、狼族の子、ついてこられそう?)

少年はそう促すシリルの行動を見て、くじいた足を引きずりつつ、どうにかあとを追い始めた。

数歩進んでは振り返ることを繰り返しながら、シリルは彼をふもとの方角へと導いていく。少年は、よろめきながらそのあとを必死についてくる。

彼を先導して、できるだけ安全で歩きやすい道を選びながら、シリルは山の中の小道を下っていった。少年が歩けるようなら、村から大人を呼んでくるより、このまま案内したほうが早く帰れる。きっとどこかで家族が捜していることだろう。その人たちのところまで無事帰れるよう、自分がこの子を安全な場所まで導いてやらねば。

シリルも、戻りがいつもより遅くなれば、乳母や世話係が心配するだろうし、村長に怒られるかもしれない。だが、この森に猛獣はいなくとも、日が暮れればぐんと冷え込む。怪我の具合も気になるし、この少年を日暮れ前にどうしても家族がいるであろう街に帰してやりたかった。

この山をぐるりと囲む柵は、シリルたちが住む村を中心にすると、全部で三重になっている。ひとつ目は、山の中腹の平野に広がるアルデの村の敷地を囲み、中が見えないように遮っている木製の柵。ふたつ目は、村と山のふもとの中間辺りを区切る強固な鉄の柵で、シリルが散策を許されているのはこの柵の手前までだ。そして、一番外側の三つ目が、山のふもと辺りを大きく囲む鉄柵だった。ふたつ目の柵からふもとの柵までの間は傾斜の緩やかな林道となっていて、季節によっては、時折王家の狩猟場とされることもあるが、それ以外は警護の狼獣人以外の姿はなく、無人なのが普通だった。

山のふもとの柵から頂上にかけてはヴォルフ王家によって完全に管理され、三つの柵の門のところにはそれぞれ見張り小屋が建てられていて、勝手に入り込む者がいないように狼族の軍人が常に目を光らせている。

王家の紋章が入ったその柵の中に無断で立ち入ることは、人も獣人も、たとえ獣であっても決して許されない。つまり、街の人々は、ふもとの柵の内側にはまず足を踏み入れることはない。この神聖な山全体が、すべて王家の直轄地とされているのだ。

そんな事情もあって、シリルが彼を送っていってやることができるのは、二番目の柵の内側までだ。柵の近くまで行けば、彼と同族の狼族の軍人の見張りがいる。勝手に柵の中に侵入したことがわかれば、軍人たちに怒られてしまうかもしれないけれど、山で迷子になったまま一夜を明かすよりずっといい。見張りの軍人に柵の外まで送ってもらえれば、おそらくふもとで彼を捜しているだろう人たちとも会えるはずだ。

少し日も陰り始めたことだし、自分もこの子を送ったら、早く村に戻らなければ……と歩きながらシリルが考えていたときだ。

『危ないわ』『何かくる』『気をつけて』

突然聞こえてきた精霊の囁きとともに、なぜかぞっと産毛が逆立つような感覚がした。危機感を覚えて、その場でぴたりと足を止め、シリルは急いで辺りを見回す。胸がどきどきして、帽子の下の山羊耳をぴったりと頭に伏せた。

「どうしたの……」

後ろから追いついてきた少年が、息を切らせながら不思議そうに声をかけてきたが、そちらを振り返る余裕はなかった。

シリルの目に、上空から急降下してくる鳥の姿が映ったからだ。

まだずっと遠くにいるというのに、翼を広げたその鳥はかなり巨大だった。しかも、ものすごい速さで近づいてきながら、大きくて鋭い鉤爪が、こちらに向けて開こうとしているのに気づく。

あの鳥の標的は明らかに自分たちなのだとわかり、シリルの身に震えが走った。

村を守る狼族の軍人たちによって、危険な獣や猛獣はこの山から排除されているとはいえ、空から襲ってくる鳥まではどうしようもない。散歩中、ごくまれに野犬や大蛇などと遭遇することはあっても、精霊の導きもあるし、散歩道の安全な場所をいくつも知っているシリルはいつも、身を隠して気配を消したりと、なんとかやり過ごすことができた。しかしいまは、これまでとはわけが違う。

（ぼくが逃げたら、真後ろにいるこの子が狙われちゃう……）

少年を引っ張って一緒に逃げるのはもう間に合わない。恐ろしさのあまり足が竦んで、彼に逃げてと叫ぼうにも情けないことに恐怖で声が出ない。けれど、足をくじいて素早く逃げることができないこの少年をいま、守ってやることができるのは自分だけだ。

考えを巡らせたのは、一瞬の間だった、あの鳥はどんどん近くまで迫っている。明らかに肉食の巨大なその鳥に、せめても石を投げつけて抵抗しようと、とっさに震える足でしゃがみ、シリルが震える小さな手で足元にあった石を掴もうとしたときだ。

「わっ……!?」

なぜか突然ぐっと腕を掴まれて、後ろに強く引っ張られる。温かいものに躰を包み込まれると同時に、間近から鋭い指笛の音が響いた。

その音とともに、すぐさま少し先の木々の狭間から小道へと飛び出してきたのは、それはそれは大きな二頭のオオカミだった。

黒っぽい毛並みをした立派な二頭のオオカミは、シリルの小さな頭など一噛みで食い千切れそうなほど鋭い牙を剥き出しにして、喉の奥で激しい唸り声を上げ、こちらに向かって走ってくる。

「ひっ」

シリルは思わず息を呑んで驚愕した。空からは恐ろしい鳥に襲われそうだというのに、まさか、地上からもオオカミに襲われるなんて。しかも、この厳しい守りの中にある森に、空を自由に飛ぶ鳥ならばともかく、なぜ野生の猛獣がいるのか。狼獣人が使う手下のオオカミたちが村の周りを歩いているのを遠目に眺めたことはあったが、こんなにも近くで目にするのは初めてだ。

「大丈夫、怖くないよ」

ガタガタと震えていると、すぐそばで少年が囁いた。シリルを守るように胸元に抱き込んでその場に膝を突いた少年は、口元に手をやると指笛を吹く。それを聞いて、シリルは先ほどの指笛を吹いたのも彼なのだということに気づいた。二度目は器用にもまた違う音色が響き、その音を聞くと、こちらに向かっていたオオカミたちはくるっと瞬時に方向を変え、もう目の前まで迫っているあの巨大な鳥に向かって、咆哮を上げながら跳び上がる。

巨大な鳥は慌てて方向転換して急上昇し、寸でのところでオオカミたちの牙を躱す。諦めたのか、鳥はそのまま空高く飛び上がり、あっという間に遥か彼方へと消えていった。

呆然としたまま鳥の後ろ姿を見送っていると、二頭のオオカミは、再びシリルたちのほうに近づいてくる。山羊族と狼族は友達だとはいえ、それは理性のある獣人同士の話だ。野生のオオカミには、きっとそんな事情は通じないだろう。

とっさに身を竦めたシリルを抱き締め、少年が口を開いた。

「伏せろ」

途端に、目の前のオオカミたちがぴたりと歩みを止め、すぐさまその場に伏せる。

命じた少年の表情は、先ほどまでの迷子になって不安そうだったあどけない様子とは打って変わって、幼いながらも明らかな獣人の気迫を滲ませたものだ。

何がどうなっているのかわからず、シリルは目を瞬かせた。

二頭のオオカミはこの少年の指笛と命令に瞬時に従った。この二頭は野生ではないようだが、訓練されたオオカミたちが従うのは狼族の軍人の命令だけのはずだ。でも、まだ子供のこの子が軍人なわけはないし……、と考えていると、二頭の首のふさふさした毛の間に、何か金色に光るものが覗いているのに気づいて、シリルはハッとした。よくよく見れば、首に下げた金色のメダルにはこの国の紋章が刻まれている。

それは、彼らが軍の一員であるという証しだ。

(このオオカミたちは、やっぱり狼族の軍人の手下なんだ……)

だが、軍の訓練を受けたこのオオカミたちが、なぜまだ幼い獣人の命令に従うのか——。

シリルが呆然としていると、オオカミたちを伏せさせた少年は、そっとこちらに目を向ける。

「驚かせてごめんね……大丈夫？」と優しい声音で訊ねてきた。

——この子はいったい何者なんだろう。

もう一度、大丈夫？と心配そうに訊かれる。魂が抜けたみたいに頭の中が真っ白になっていたせいで、いつの間にか彼の膝の上に乗せられていたことに気づく。ハッとして、シリルはあわあわと跳び上がるようにその膝からぴょんと立ち上がった。

危機が去ると、見知らぬ少年に抱き締められていた驚きと戸惑いが一気に湧いてくる。わけがわからないまま、シリルは脱兎のごとく村のほうへと走り出す。

ここまで来れば、ふたつ目の柵はもうすぐそこだし、ふもとの方角もわかるはずだ。そもそも、彼には命令に忠実に従うオオカミが二頭もいるのだから、彼らがきっと安全にこの少年を導いてくれるだろう。

「あっ、足元に気をつけて！　子山羊ちゃん、送ってくれてありがとう！」

慌てたような彼の声が背中にかけられたが、振り返る余裕など欠片もない。

耳も尻尾も隠しているのに、なぜ自分が山羊獣人だとわかったのかとか、彼はいったい何者なのかとか、たくさんの疑問が浮かぶが、混乱し切った頭のまま、シリルはひたすら安全な村へと逃げ帰ることしかできなかった。

シリルがようやく村のそばまで帰り着いたときには、村の入り口の門は夕暮れの光に照らされていた。

ぐるりと周囲を柵に囲まれた村の門は開いていた。その前には立派な馬車が停まっていて、そばには狼獣人の姿があって驚いた。柵の警護のための軍人であればだいたい一人か二人、門の辺りに立っているのはいつものことだが、驚いたのは、警護の者たちの他に五、六人ほども狼獣人がいて、その人たちは皆、貴族らしき高級そうな身なりをしているのが見えたからだ。全員、頭の上には狼耳が見えるから、きっとヴォルフ王家に近い血を持つ獣人たちなのだろう。彼らは険しい表情を浮かべて何かを話し合っている。

いったい何事なのか、やけに騒然とする気配の中、シリルは姿を見られないように、ぐるりと柵を回り、いつも使っている村の裏手にある小さな通用門を目指した。そちらには普段はしっかりと鍵がかけられているので、見張りは立っていない。シリルは散歩のとき、いつもこちらから出入りしているのだ。コンコンとノックしてみると、しばらくしてそっと門が外される音がした。そろそろと門を開けて中に入ると、そこには心配顔の乳母マーリオと世話係が待ち構えていて、シリルの顔を見るなり二人とも安堵の表情になった。シリルも見慣れた二人の顔を見てホッとすると、どっと冒険の疲れが湧いてきて、その日は館に戻るなりぐったりしてすぐに眠ってしまった。

翌日の朝食の時間に、マーリオから、実は昨日、シリルが散歩に出ている間に、国王陛下とそのお付きの人々がお忍びで村を訪れたのだという話を知らされた。

「ですが、国王に同行されたはずの王太子様が、一時行方不明になってしまって……おまけに、シリル様もなかなかお戻りにならないしで、村中大騒ぎだったのですよ」

もうちょっとで王家の軍人たちで編成を組んで、二人の捜索隊が出されるところでした、と言われて愕然とし、ごめんなさいとシリルは身を縮めて素直に謝った。

(王太子さま……)

つまり――どうやらシリルが昨日出会ったあの狼獣人の少年は、驚いたことにヴォルフ王家の第一王子で、国王の一行と共に村を訪れたというわけらしい。国王の用事が終わるまで待つ間、彼は供の者を撒いて村を囲む柵の外へこっそりと出た。そうして、普通は足を踏み入れることのできない聖域であるこの山の中を興味本位でうろうろしているうち、木の根っこに躓いて足をくじいた上に、道に迷ってしまったのだそうだ。

昨日、突然この村を訪れたのは、従者と警護の者たちを引き連れた狼族の国王と、その長男である現在九歳の王太子、ラウリー。

マーリオが村長の使用人からこっそりと伝え聞いた話によると、ここのところ国王は体調が優れないことが続いているそうだ。そんな中で昨日の朝、この国の牧羊神である金の子山羊への敬いが足りない、と天帝から叱咤されるという夢を見て、それをどうやら神からのお告げだと思い、自らの体調不良をその罰だと感じて震え上がったらしい。そこで、高価な捧げ物をどっさりと持って急いでこの村を訪れ、天帝と牧羊神に詫びをして、救いを求めるために自ら祈りを捧げたということのようだ。

『金の子山羊』という言葉を聞いて、シリルは心臓が竦み上がるのを感じた。怯えた顔になったのに気づいたのか、マーリオが安心させるように続ける。

「大丈夫ですよ、国王陛下の言葉を聞いたとき、同席した村の者は少し動揺したようですが、村長様がちゃんと取り繕って、陛下には事実を知られずに済んだみたいですから……」

「そう……よかった」

それを聞いてシリルはホッとした。

伝説として謳われ、その功績を語り継がれ、いまもなお称えられ続けている最初の金の子山羊が生まれたのは、確かにこのアルデの村だ。初代の偉業から、金色の被毛を持つ子山羊は、いまでもこの国の守護神として崇められる存在となり、レーンフェルトでは天帝と牧羊神の二神が祀られている。

天帝に祈るための神殿は王宮の敷地内にもあり、金の子山羊の亡骸は王宮の霊廟の中だ。それなのに、国王がここまでわざわざやってきたのは、この村の聖殿の地下にある霊廟には、初代金の子山羊の遺物が納められていて、聖殿が建てられた場所は、初代が最初に国王を救うための奇跡を起こしたところだといわれているからだ。それは、アルデの村が大切に保護されている理由のひとつでもあり、おそらくは直接、この特別な場所で祈りを捧げるために来たのだろう。

昨日の来訪は事前の使者もなく、あまりにも突然のことだったが、村人たちは急いで祈りのための準備をし、司祭でもある村長が、国王の体調が快癒するようにと祈りの儀式を執り行ったそうだ。

その間、たまたま月に数回程度許されている散歩に出ていたシリルは、迷子になっていた王太子と偶然山で行き会ったというわけだ。翌朝、前日に国王一行が来訪したことについて知らされたシリルは、王太子と会った一連の出来事を、こっそりと乳母のマーリオにだけ打ち明けた。

「王太子様と……？」

やはり、そのことを知るとマーリオは青褪めた。

「で、でも、帽子はちゃんとかぶってたし、ぼくが〝きんいろ〟なのは、まだばれてないと思うから……」

必死にそう付け加えたが、確かにシリルは、『村人以外には決して姿を見られてはならない』という禁を、不可抗力といえども破ってしまった。しかも、遭遇したのがよりによって王族となれば、街の人間とは違って誤魔化しようもなく、村長に知られれば、存在自体を秘密にされているシリルは、たとえ毛色を見られていなくとも厳しい叱責を受けるのは間違いない。王太子がシリルとの出会いを誰かに告げれば、すぐに彼が山の中で自分と会ったことはばれてしまうだろうが、それが村長に伝わらないというわずかな希望にかけて、とにもかくにもいまは伏せておいたほうがいいだろうということになった。

狼族の王子、ラウリーとの密かな出会いは、まだ幼いシリルの心に焼きついたように鮮烈に残った。

（……もし、いつか会えることがあったら、今度はちゃんと名前を言って、怖い鳥から助けてくれたお礼を言わなきゃ……）

それから、鳥を追い払ってくれたあの二頭のオオカミたちの名前も教えてもらって、彼らにも礼を言いたい。王太子のくじいた足の具合も心配だった。

しかし、山羊獣人が王宮に招かれることは時折あれど、今回のように王族のほうがわざわざ村を訪れることは滅多にない。またいつか彼が村を訪れることがあるとしたら、いったい何年後だろう。その頃には、自分も存在を公にしても問題なくなって、太陽の下で山羊耳を出せるようになっているといいのだけれど――。

そんなふうに半ば諦め気味に考えていたが、なんとシリルの予想よりもずっと早く、その日は訪れた。

驚いたことに、国王の一行が訪れた一か月ほどあとに、王太子ラウリーが村を再訪したのだ。

今回は国王は一緒ではなく、最低限の警護の者だけを連れてお忍びでやってきた彼は、『先日道がわからなくなったとき、おそらくこの村の山羊獣人であろう子供に助けてもらった。礼がしたいのでその子に会わせてほしい』と願い出て、知らせを受けたシリルたちは仰天した。

王太子との出会いはばれずに済んだようだとマーリオと二人でホッとした頃に、わざわざ礼をしにやってきた律儀な彼のおかげで、村長を含めた村人全員にシリルがラウリーと会ったことはすっかり知られてしまう羽目になった。

いったいなぜ彼に、自分が山羊獣人だとわかったのかが疑問だったが、そういえば、あの日の別れ際に、彼はシリルを『子山羊ちゃん』と呼んだ。よくよく考えてみれば、それも納得がいった。王家によって厳しく立ち入りを管理されているこの山の中を子供がひとりで歩いているとしたら、偶然訪れて迷ったラウリーのような場合を除けば、山羊族が住む村から出てきたと考えるのが自然だ。だから彼には、シリルがこのアルデの村に住む山羊獣人の子供だと、あのときからすでに予想がついていたのだろう。

「いったいどういうことなのですか？」と怪訝そうな村長に手短にあの日の出来事を打ち明けると、深くため息を吐かれてしまった。だが、さすがに王太子の願いを退けることはできないようで、『決して帽子を脱がないこと』と固く約束した上で、シリルはラウリーとの面会を許されることになった。

「わかっているでしょうが、毛色を隠すのは、あなたの身を守るためなのですよ」

「はい、わかっています、村長さま」

確認するように言われて、シリルは神妙な面持ちでこくりと頷く。

そうして、村長付きの使用人に連れられ、おそるおそる聖殿の応接間に足を踏み入れる。一か月ぶりに会うラウリーは、パッと顔を輝かせてわざわざ立ち上がり、シリルを出迎えてくれた。

ラウリーは互いに自己紹介した後、焦げ茶色の目でじっとこちらを見下ろすと、シリルの小さな手を両手でぎゅっと握ってきた。

「この間は、道案内をしてくれてありがとう。こっそり戻るつもりだったのに足をくじいてしまって困っていたから、とっても助かったんだよ」

彼の話によると、警護の獣人とオオカミたちを撒いたはいいが、怪我をした挙句、戻る道を見失ってしまった。指笛を吹けば警護たちを呼べるけれど、気づかれずに勝手に出てきて迷子になった恥ずかしさから躊躇いがあった。そんなふうに悩んでいたところへ、ひょっこりとシリルが現れて、ふもとへと先導してくれた——というわけらしい。

（……皆に居場所を知られるのが嫌だったのに、それでも指笛を吹いてくれたんだ……）

足をくじいても呼ばずにいた警護を、鳥に襲われそうになったシリルを助けるために、躊躇わずに呼んでくれたのだ。

あのときの死を近くに感じた恐怖が蘇り、同時に彼への感謝の気持ちが湧いてきたが、うまく言葉に出せない。

「あの、えと……ぼくも、あ、ありがと……」

たどたどしく、必死に礼を言う。それでも思いは伝わったらしく、ラウリーもにっこりと笑顔になった。気になっていた足の怪我の具合を訊ねると、すぐに医師に診せたから、いまはもうすっかりよくなったと言われてホッとする。

ラウリーは、目を丸くするほどたくさんの土産――装丁の美しい絵本や立派なおもちゃ、それに王宮の料理人に作らせたという美味しそうな菓子など――をシリルへの礼に持参していた。まだ村から出たことがなく、おもちゃも食べ物もほぼ自給自足の暮らしに慣れたシリルの目には、どれも眩しいほど立派なものばかりだ。あまりに豪華な土産にぽかんとしていると、村長の使用人が飲み物を運んできて、ラウリーが持参した菓子も並べてくれる。

使用人が下がると、ラウリーは自分の警護の者にも建物の外で待っているように頼み、聖殿の中には二人だけになった。シリルはミルクを、彼は茶を飲みながら、美味しい菓子を一緒に頬張る。時折、帽子がずれていないか気になって手で確認したが、問題はなく、そのたびにホッとした。

ラウリーは先月祈りに来た国王の具合がまだ思わしくないという話をぽつぽつと話してくれた。

「民には伏せられているけど、毎日王宮の医師が頑張ってあれこれと薬を煎じても、あまり効かないみたいで、父上はとうとう寝込んでしまった。かなり具合が悪くて、とても心配なんだ。もし……父上に何かあったとしたら、次は僕が王位を継ぐことになる……でも、まだ僕は子供だから、当分の間は父方の叔父が国王代理になると思うんだ」

ラウリーいわく、その叔父上は狼族ではあり得ないほどの気弱な人で、本来ならとても王位なんて任せられず、本人も目立つことを望んではいないらしい。子供のラウリーと、繊細な叔父のどちらが王位についても、国は荒れるだろう。だから、せめてラウリーがもう少し成長するまで、国王が持ち直してくれることを皆願っているらしい。

「先月ここに来たときは、僕は父上から子供扱いされて、この聖殿の祈りの間には入れてもらえなかった。今日来たのは、君に会ってお礼を言うためなんだけど……せっかくここに入れたから、僕も牧羊神に父上の病を治してくれるように祈りたいと思うんだ」

「よかったら、一緒に祈ってくれる？」と頼まれ、シリルは思わず目を瞠る。

「う、うん！」

幼い自分には、快癒祈願は初めての大役だが、こくこくと何度も頷いて、シリルはそれを快諾した。ラウリーはシリルへの土産とは別に、牧羊神への立派な貢ぎ物もちゃんと持参していた。本当は、許可を得なければ立ち入ってはいけない場所だが、いまは一大事だと、彼を案内してこっそりと聖殿の奥にある祈りの間に入る。正面には天帝の像が据えられ、その周りをヤギと草花の柄が彫られた装飾的な柱が囲んでいる。十人ほども人が入ればいっぱいになる狭い空間だが、像の左右にある格子のはまった窓越しにかすかな光が射し込み、部屋の中には厳かな空気が満ちている。

祭壇の前に彼が持ってきた供物を捧げ、一本だけ蠟燭に火を灯すと、ラウリーと並んで跪き、シリルは目を閉じる。胸元で小さな手を合わせ、天帝と牧羊神に、どうか国王の病を治してくれるようにと、心を込めてせいいっぱいの祈りを捧げた。

するとその一か月後に、なんとまたラウリーがアルデの村を訪れ、「父上が元気になられたんだ！」と嬉しそうに教えてくれた。

わざわざ直接知らせに来てくれた彼は、こっそりと「きっと、君が一緒に祈ってくれたおかげだよ」と囁き、シリルに真面目な顔で礼を言ってくれた。もちろん、自分の祈りが治したわけではないと思う。シリルは父親の病に心を痛め、国の平和を願うラウリーの真摯な願いを叶えてあげたいと強く思っただけだ。だから、国王が無事に快復し、それを彼が喜んでくれたことが、純粋に、ただただ、とても嬉しかった。

それからというもの、ラウリーは王位を継ぐための様々な勉強で忙しい合間を縫って、シリルに会うためにこの村に足を運んでくれるようになった。

国王の体調がすっかり改善し、父の健康のために祈る必要がなくなっても、定期的に牧羊神への捧げ物と、シリルへの山ほどの土産を持参しては、一緒に特製の菓子を食べながら、王宮での出来事や街の話を面白おかしく聞かせてくれる。シリルも、乳母が作ってくれた素朴な味わいの木の実の菓子を差し出すと、彼は飾り気のない菓子を喜んで平らげてくれた。そして使用人たちを下がらせて、いつものように二人だけになると、毎回、祈りの間に一緒に入り込み、天帝と牧羊神に、願いを叶えてくれた礼を律儀に伝え、感謝の祈りを捧げていく。

そんな中で、村長や山羊族の長老たちはたびたび村を訪れるようになった王太子に戸惑っていた。毛色を隠す必要があるシリルを彼と会わせることに懸念を抱いたらしく、密かに何度も話し合いを重ねていたようだが、やはり、『実は金の子山羊が誕生していた』という事実は、たとえ相手が王族であっても秘密にすべきだという結論が下された。

意見を言う余地も与えられず、幼いシリルはその決定に従うしかなかった。

自分が『きんいろ』に生まれたことで、父は命を落とし、母はもうずっと床に伏したままだ。

もし誰かに知られれば、シリルだけでなく、村人も巻き添えになって危険な目に遭うかもしれない。

村長を含めた村の重鎮たちに説得されて、シリルは従順に頷いて言った。

「毛色は王太子さまに見られないように、じゅうぶんに気をつけます」

身分も種族も違うけれど、ラウリーはもうシリルの友達だ。秘密を抱えるのは胸が痛んだが、どんなに仲良くなっても、彼には本当のことは伝えられない。

金色の被毛を持って生まれてきたことは、山羊族の者以外にはぜったいに明かしてはならない秘密なのだ。

——牧羊神の生まれ変わりである〝金の子山羊〟の命と、村の安全を守るために。

＊

一か月に一度、村の奥に立つ聖殿の祈りの間では、早朝から特別な香が炷《た》かれる。

なんとも言えず甘くいい香りが漂ってくるその前から、村人たちは皆、今日が祈りの儀式の日だということを知っている。

「――牧羊神、奇跡の子山羊よ。どうかこのひと月もまた、我が一族をお守りくださいますように」

牧羊神に捧げる供物と酒瓶を並べた卓の前には、村長のテオレルが立っている。跪いた彼は、祈りの言葉を口にして胸元で手を組むと目を閉じる。

「……聞き入れましょう。この月も、平穏無事な良いときになりますように」

なるべく神らしく、厳粛に聞こえるように気を配って、シリルは真面目な声で告げる。

神じゃないけど、と自嘲しながらも、教え込まれた決まり文句をいつも通り粛々と口にすると、それだけで、紗のカーテンの向こう側にいる村の長老たちがホッとした顔になった。

ここにいるのは山羊族の者だけで、シリル以外の全員が純白の山羊耳と尻尾を持っている。

山羊獣人たちは、一見、獣耳があるだけの普通の人間に見えるけれど、肉食を好まず果物や草類を食べ、人懐っこい性格をしているという、動物のヤギに通じる特徴も持ち合わせている。

しかも、この山で生まれ、ここで暮らす純血の山羊獣人には、森の精霊たちの声が聞こえる——つまり彼らは、牧羊神の血を引く獣人というより、人より森の生き物たちに近い、半身半獣のような生き物なのだ。

奥の間の椅子に座っているシリルが見下ろした先には、村長を含めた数人の山羊族の長老たちがいる。高齢で普通ならシリルのほうが敬うべき立場である彼らは皆、まだ真剣な様子で祈りを捧げている最中だ。

祈りの間は手前と奥でふたつに区切られている。村長たちのいるところから祭壇を挟んだ奥側には等身大ほどの天帝の像があり、像の背後の数段高くなったところに奥の間がある。その前には紗のカーテンが引かれていて、中の小部屋には祈りの間の柱と同じ装飾が施された立派な設えの椅子が据えられている。

その椅子に一人ちんまりと腰かけたシリルは、静かに彼らの様子を見つめていた。

ここは本来、天帝の神像などといった聖体が保管されるべき場所だ。自分がそんな場所にいるのは少々居た堪れないけれど、なにせ〝金の子山羊〟はここに座る決まりなのだから仕方ない。

祈りの儀式のときには、誰もが白い衣服を身に着ける決まりになっている。そのため、いまこの間にいる全員が白い衣服を纏っているが、中でもシリルだけは、豪華な護り石を連ねた首飾りを何本も胸元に重ね、頭の上からはごく薄い布を被って、肩先まで垂らしている。ここでは毛色を隠す必要はないため、頭の脇からぴょこんと生えた山羊耳が薄布から透けて見えるはずだ。その形は、村長を含めたこの村の皆が持つ山羊耳と同じものだけれど、唯一、シリルの獣耳だけは金色に輝く被毛に包まれているのだった。

山羊族の一人である現在十六歳のシリルは、獣耳や尻尾、体毛の一部が金色という、極めて珍しい毛色を持って生まれてきた。金色の被毛は、この国の建国の時代にまで遡るほど昔に生まれたといわれる牧羊神の毛色と同じものだ。そして、ほとんどの者がヤギの姿に変身できる力を持つ山羊獣人の中でも、金色の毛を持つ獣人だけは、変身すると何歳であっても年齢に即した大きさではなく、必ず小さな子ヤギの姿になるのだ。

その毛色と大人にはならない獣の姿こそが、金の子山羊が神の化身である証しだ。

特別な〝きんいろ〟として生まれたシリルは、一族の人々から『奇跡の子山羊』『金の子山羊』と呼ばれて大切にされ、牧羊神の生まれ変わりとして敬われながら暮らしている。

さらに月に一度の祈りの儀式の日には、こうして村長をはじめとする村人たちから本当の神のごとく崇められ、牧羊神として祈りを捧げられる習慣まであった――だが、当然のことながら、自分は神などではない。

ただちょっと皆と毛色が違うだけの、ごくごく平凡な山羊獣人なのだ。

だから、物心ついたときから月に一度、必ず行われてきたこの祈りの儀式に、成長してからはいったいなんの意味があるのかと悩み、戸惑いを覚えた頃もあった。

けれど、村の人々は、本気で信じているのだ——金色の被毛を持って生まれたシリルには特別な力があり、神のごとく彼を大切にして祈りを捧げれば、きっと自分たち一族を守ってくれるはずだと。

彼らが信じてしまう気持ちも理解できなくはなかった。なぜなら、シリルは幼い頃、本当に魔法のような力を使えていたときがあったからだ。

子ヤギの姿に変身し、病に伏せて苦しむ者の寝床の周りをぴょんぴょんと駆け回ると、突然空が輝いて窓から光が射し込み、数日も経たないうちに病が完治するということは何度もあった。枯れた花や草の周りを踏みしめながらただ歩くだけで、翌朝にはその場は瑞々しく生い茂った草や咲き誇る花々で埋め尽くされていたりするのもごく普通のことだった。森に住む動物とも当たり前のように会話することができたし、うろ覚えだが、精霊だけではなく、天にいる神のような存在とも気持ちを通じ合わせることができた記憶すらあった。

もしあれが天帝だったなら、まさに当時の自分は、牧羊神の生まれ変わりと言える特別な存在だったのだろう。

けれど——いつの頃からか、そんな奇跡を起こせる特別な力はシリルの中からすっかり消え失せていた。それどころか、気づいたときには普通の山羊獣人たちですら持っている、獣のヤギの姿に変身する能力を失っていて、さらには精霊たちの声を聞く力までもが、ほとんどなくなってしまっていたのだ。

いまの能力だけで言えば、シリルは普通の山羊獣人としても落ちこぼれなほどだ。

シリルは悩んだ末にその悲しい事実を受け止め、幼い頃には本当に神の力が宿っていたこともあったけれど、きっとその神はもうどこか別のところに行ってしまって、いまの自分はただの山羊獣人に戻ってしまったのだろうと考えていた。

しかし、なんの力も持たなくなったシリルであっても、高熱を出して月に一度の祈りの儀式を行えないことがあると、なぜか翌月には大雨で王都を流れる川が溢れたり、街の子供が行方不明になったり、大規模な崖崩れが起きたりと、大小はあれど、レーンフェルトは必ず何がしかの災厄に見舞われてしまう。そして確かに、祈りの儀式を行えば、災厄は何も起こらないのだ。

レーンフェルトは大きな国なので、本来、多少の事故や災害があっても不思議ではない。金の子山羊のいない時代は、代わりに白の山羊獣人が儀式を行っていたが、災厄を止めることはできなかったそうだ。

だから、ここ十数年の大小の災厄が避けて通るかのような平穏に、何も知らない街の人々はこう噂することもあるのだという――『まるで、金の子山羊がいた時代のようだ』と――。

それでも正直、全て偶然なのではないかと訝しむ気持ちは消えないものの、自分の力を信じ切っている一族の者にはとてもそんなことは言えない。だから今は、気休めだとしてもいいから、皆の気持ちがこれで落ち着くのなら構わない、彼らの願う通りに儀式を行おう、自分にはもう何も特別な力はないのだとしても、せめて、心から皆のために祈ろう――シリルはそう決意しているのだった。

ひとしきり祈ったあと、村長はようやく目を開けてシリルに言った。

「幸福を授けてくださり、ありがとうございます、金の子山羊よ。どうぞ捧げ物をお受け取りください」

そして深々と頭を下げると、村長たちは祈りの間から静かに下がり、聖殿を出ていく。

村長とはあとで顔を合わせるのだが、祈りの間において、シリルは彼らにとって神なので、儀式が終わってもここで雑談などをすることは禁じられているのだ。

皆が去って聖殿の中で一人になったことを確認すると、シリルはひょこっと紗のカーテンを捲って中から出て、数段の階段を下りる。村長たちが跪いていた祭壇の前で身を翻し、その場に跪くと、静かに祈りを捧げた。

目の前には天帝の像、そしてこの地下にある霊廟には、初代を含め、その後生まれたといわれる二人の金の子山羊の遺物が納められている。そして窓の向こうで見えないけれど、目を向けたずっと先には緑豊かな聖なるラドバウト山が聳えている。

毎日、しきたり通りに家の中で朝晩と祈ってはいるけれど、月に一度、儀式の日に凍るような冷たさの水を浴びて身を清め、ここでこうして祈りを捧げると、不思議と神聖な気持ちが湧いてくる。

（天帝様、本物の牧羊神様、皆の祈りを聞き届けてください。この国と、それからうちの一族のみんなに、どうか平和をお願いします……）

託されたものの、無力となった自分では到底叶えられそうにない村の皆の祈りを、念のため神様たちにお願いしておく。皆の祈りが気休めなら、シリルのこれもまた気休めかもしれないけれど、いつもこうするとなんとなく気持ちが落ち着いた。

最後にぺこりと頭を下げて、自分なりの儀式を終えると、肩の荷が下りたようですっきりする。シリルは薄布の上からもう一枚布を被る。村の者は皆、シリルの毛色を知っているけれど、木製の門が開けばすぐそこに狼獣人の警護がいるため、基本的に建物の外では髪と山羊耳は隠しておくようにと言われている。少々窮屈だがこれも仕方ない。それから聖殿を出て、外で待っていた側仕えのリニと共に家へと戻った。

シリルの家は、リニと二人で暮らすには広すぎるほど立派な石造りの館で、村の最奥にある聖殿の近くにひっそりと立っている。ここは、建て替えたり修繕したりしながらも、代々の金の子山羊が住んできた場所らしい。途中、村で飼われているヤギたちがあちこちで草を食んでいる平和な光景を横目に館に帰り着く。

館の中に入って被っていた布を脱ぐなり、シリルは山羊耳をふるふるっと震わせて思わずぼやいた。

「ああ、お腹すいた……」

「はいはい、お待ちかねの朝食ですよ」

居間の長椅子に長く伸びてぐったりしていると、リニが急いで用意した朝食の盆を運んできてくれる。

がばりと身を起こし、「ありがとう、リニ」と礼を言ってから、シリルは嬉々としてそれを食べ始めた。皿に載せられているのは、朝摘みの青々とした野菜と綺麗に切られた果物、そしてグラスいっぱいの新鮮なミルクだ。野菜にはリニがいつも作ってくれる甘酸っぱいソースがかけられていて嬉しくなった。まずは瑞々しい果物にかぶりつき、頬いっぱいに詰め込んでもぐもぐする。

その様子を目にしたリニが「儀式の日には前日の日暮れから断食だなんて、いまどき本当にひどいしきたりですよねえ……」と哀れむように言う。心から不憫に思ってくれているようで、彼の真っ白な山羊耳はくったりと下がっている。口に食べ物が入っているのでしゃべれず、シリルは無言のままぎこちなく笑う。

たとえ座っているだけであっても、空腹で儀式に臨むのはなかなかの苦行だが、ずっと昔、何百年も前に定められて、金の子山羊は皆守ってきたというこのしきたりを変えることはかなり難しいだろう。

そもそも、決まりとはいえ、夕食も朝食もたらふく食べたところで、世話係のリニにさえ口止めを頼んでおけば、そう簡単にばれることはない。リニはシリルの味方だから、もしお願いすれば、きっとふたつ返事で応じてくれると思う。けれど、シリルはそうはせずに大人しくしきたりを守り、前日夜から断食をして夜明けとともに凍えそうなほど冷たい水を浴び、心身を清めた上で毎月儀式に臨んでいる。

それは、自分のことを神の生まれ変わりだと信じてくれる村の皆を、せめて行動だけでも裏切らずにいるためだ。

片付けがあるようで、何かあったら呼ぶようにと言い置いて、リニが居間から出ていく。この館に住み込み、いつも身の回りの世話を焼いてくれるリニは、シリルより五歳年上の山羊族の青年だ。

村では神扱いされているシリルの世話係は、どうやらかなり光栄な仕事とされているらしく、数年前、ずっと世話をしてくれていたマーリオが高齢になった頃、村の中でも相当な競争率を勝ち抜いてリニが世話係に選ばれたそうだ。だが、実際にそばで暮らしてみると、神であるはずのシリルは、意外にもごく普通の山羊獣人でしかなく、しかも少々どんくさくてぼんやりしていているのに気づいたようで、彼は自分を過剰に特別扱いせずにいてくれるのでとても助かっている。リニは他人と距離がある性格で、少しばかりツンとしているが、シリルにだけはいつも優しいし、とても綺麗好きでテキパキと働いている。獣体のときは純白の被毛をしていて、人型のいまは銀色の髪が綺麗だ。毛の色を除けば、身長や体格がシリルにとてもよく似ているので、互いに帽子を被って髪と山羊耳が見えなくなると、二人はたまに間違われることもあった。

一人で朝食をとりながら、シリルは窓の外を歩くヤギたちを眺めた。
ヤギは雌雄が分かれて生まれるものだが、山羊獣人は、不思議なことになぜか全員が雄として生まれてくる。十五歳くらいまでには体が大人になるが、その頃に自然と体内の雌雄が変化して、雄の中から孕める者が出てくることで一族の血を保っている。その差は歴然としていて、雄の山羊獣人は成長するとひげが生え、体つきもしっかりとしてくるが、孕める雄にはひげが生えず、すらりとした少年体形のまま大人になる。リニも、そしてシリルも、明らかに孕める雄だ。

王家所有の土地であるラドバウト山の中腹に位置するこのアルデの村では、現在、百人足らずの山羊族がひっそりと暮らしている。一族には一人住まいの者は少なく、二世代、三世代で纏まって暮らしている家族が多いので、村に立つ家はざっと二十軒ほどだ。他に祭祀の場とされる聖殿と、家畜が暮らす小屋があるが、村内に建物は三十戸程度しかない。

深い森に囲まれた村は、山の中腹にぽっかりとできた平地にあり、基本的に暮らしは自給自足だ。村人たちは、畑を耕し、ミルクや卵をもらうための家畜の世話をして生活している。その他に、街でしか手に入らない物を買う金貨を得るために、広大な森から摘んできた薬草を煎じて様々な怪我や病に効く薬を作ったり、艶やかで上質なヤギの毛を編み込んだお守りを作ったりして、限られた者が薬やお守りを街に売りに行く。そうして最低限必要な金貨を得て、彼らは極めてひっそりとした暮らしを営んでいる。

山羊族はこの国が古くから信仰している牧羊神の子孫だと知られているので、信心深い貴族や商人たちからは祈りの儀式の日に捧げ物が届けられ、さらには王宮からも定期的な支援の品が送られてくる。そのおかげで、不作のときにも最低限の暮らしに事欠くことはなく過ごせる、恵まれた環境だ。

今日は特別な日のためか、リニが用意してくれた朝食には果物の種類と量が少し多い。最初はがっついていたが、果物が好物のシリルはそれを味わって大切に食べた。

食べ終わった頃、玄関扉のノッカーをコツコツと鳴らす音がした。

「きっと村長様ですね」

食器を片付けようと出てきたリニがそう言って、急いで玄関に向かう。シリルは慌てて口元を拭くと、立ち上がって姿勢を正す。少しして、リニの案内で村長のテオレルが居間に入ってきた。シリルを見つけると、彼は深々と頭を下げる。

「シリル様。今朝の儀式もよく務められました」

「テオレル様も早くからお疲れさまです」

テオレルは、純白の山羊耳を持つ、長い銀髪を後ろで編んだ高齢の男性だ。若い頃は目の覚めるような美貌をした村で一番美しい青年だったらしく、いまでもその名残を感じさせるような整った顔立ちをしている。座るようにと促され、シリルは彼と横長のテーブルの端と端に向かい合わせで腰を下ろす。茶を運んできたリニに、テオレルが訊ねた。

「出発の準備は？」

「できています。あとはシリル様のお召し替えを済ませるだけです」

すでに自分は外出のための着替えを済ませ、準備万端のリニの返事に、村長は「ご苦労だった。シリル様を頼む」と満足そうに頷く。リニが下がっていって二人だけになると、テオレルが静かに口を開いた。

「本日は、我が国の王であるラウリー陛下の二十回目の生誕の日です。今日は一族の祈りの儀式の日と重なったせいで出発が遅くなってしまいましたが、恙《つつが》なく祝いの日を終えられるよう、また、狼族と山羊族のさらなる繁栄と絆を深めるため、よりいっそう心を込めてお祈りなさいますように」

厳かに言われて、はい、とシリルは真面目な顔で頷く。

古くから深い縁のある狼族の王の誕生日には、山羊族の者が一人、祝いの祈りを捧げるため王宮に赴くのが古くからの決まりごとだ。

今日はその役目を担うためにシリルが招かれ、リニはその随従として同行してくれることになっている。今回は王が二十歳の区切りとあってか、山羊族を代表して成年の儀式に参列するために、テオレルも招かれているようだ。

「お守り袋は身に着けていらっしゃいますね？」と確認されて、また頷く。

それは、テオレル自らが作った、先ほど聖殿で炷かれていたのと同じ香がたき染められたお守りで、肌身離さず持つようにと言われている。

「では、山羊耳をしっかりと隠し、正装に着替えたあともお守りをお忘れなきように」

そう念を押すように言い置いて、テオレルは席を立った。

支度ができ次第、村の入り口で合流することになり、テオレルが出ていく。すぐにシリルは奥の部屋に行き、リニに手伝ってもらいながら着替えを始めた。山羊族の正装は、足元までの長さのすとんとした形の服の上に、刺繍のついた服を重ね着して、腰の辺りを紐で締めるというものだ。さらに上着を着て、頭には服と揃いの帽子を被り、その上から美しく織られた布を纏えば王宮を訪れるのに恥ずかしくない正装の完成である。金色の山羊耳と金髪を誰にも見られるわけにはいかないので、ことさらに気を使って帽子と布で髪と獣耳をきっちりと覆い隠した。

数年前から、現国王の誕生日に毎年招かれて王宮に赴くシリルのために、一族の中でもとりわけ腕のいいお針子であるマーリオがこうして衣装を新調してくれる。いまリニに手伝ってもらって身に着けた新しい衣装には、これまでよりもいっそう手の込んだ繊細で美しい花模様の刺繍が施されていた。

「この刺繍はマーリオがしてくれたんだよね？　すごく綺麗だ。こんなに細かいの、大変だっただろうに……あとで何かお礼を持っていかなきゃ」

目を丸くするシリルに、着せた衣装を隅々まで確認していたリニが淡々と答える。

「マーリオは縫わせてもらえて光栄だと喜んで取りかかっていたようですよ。もうあと何年こんな刺繍ができるかわからないから、と言って」

そう言われて、シリルの胸はつきんと小さく痛んだ。

マーリオはシリルが幼い頃から乳母として可愛がってくれたが、少し前に体を壊し、代わりにリニがシリルの世話係になった。時々会いに行っているが最近はだんだんと床につくことが多くなってきたようだ。すでに両親のいないシリルにとって、いまは育ての親であるマーリオと、身の回りの世話をしてくれるこのリニだけが家族も同然の存在だ。

シリルの父親はシリルが生まれて間もなく起きた、ある事件によって命を落とした。さらに、その衝撃で母親は病気になり、長く寝込んだあと、六年ほど前に亡くなってしまった。

両親を失ったことは、シリルの心に小さくはない空洞を残したが、一族の皆はひとりぼっちになったシリルをそれまでと変わらずに敬ってくれる。『金の子山羊』として生まれたために、行動に様々な制約はあれど、暮らしには何も不自由はない。いまの願いごとといえば、ただ、大好きなマーリオにできるかぎり長生きしてもらいたいということくらいだ。

お守り袋を忘れずに首から下げて服の下に収め、すべての身支度を終える。扉の前で、特別な色の山羊耳がきちんと隠れていることを再度確認すると、リニが安心させるように「大丈夫です、ちゃんと隠れていますよ」と言ってくれる。シリルはリニと連れ立って館を出て、入り口の門に向かって歩き始めた。

すると、遠くからぴょんぴょん跳びはねてくる白い塊がふたつ見える。一瞬ぎょっとしたが、すぐになんだとホッとして笑った。

「子ヤギたちか、ご機嫌だね」

シリルの足元までやってきて、嬉しげにぷるぷると短い尻尾を震わせているのは、この春に生まれた二匹の子ヤギたちだ。ここのところは、暇があるとシリルは厩舎に行って、子ヤギたちを撫でたり、彼らと遊んで過ごしているので、すっかり懐かれている。今日も『遊ぶ？』と真っ黒のつぶらな目を輝かせて、子ヤギたちはシリルをじっと見つめてくる。そばに寄ると、たっぷり飲んだのだろうミルクの甘い匂いがした。無邪気な子ヤギたちのとてつもない愛らしさに、シリルは思わず頬を緩めて服の裾を持ち上げ、その場にしゃがみ込んだ。

「シリル様、お召し物を汚されませんように」

ハラハラした様子でリニが声をかけてくる。

「うん、わかってる。二匹ともごめんね、今日は行くところがあるんだ。また明日、たくさん遊んであげるからね」

二匹のまだ小さな頭をよしよしと撫でてから立ち上がり、シリルはリニとその場を離れる。

シリルの住む館は村の奥で他の家々からぽつんと離れたところにあるが、少し歩くと小さめの家が両側に並んだ道に出る。その家々の間を貫く小道を通り抜けると、村の入り口に繋がる広場に着いた。村の周囲を大きくぐるりと囲む柵の正門付近には、正装を纏ったテオレルと、その他にもかなり多くの村人たちが集まっていた。シリルが出かけるとき、何人か見送ってくれる者がいることは珍しくないが、今日はやけにその数が多い。三、四十人はいる彼らは、どうやら畑仕事や家畜の世話の手を止めて、出られる者はほとんどが集まってきてくれたようだ。

しかも、その中でも年配の者は、口々に「シリル様、行ってらっしゃいませ」「どうか山羊族と狼族に幸運を」と言い、なぜだか涙ぐんでいる者までいる。彼らに微笑んで返しながらも、シリルは思わず心の中で首を傾げた。今日自分が赴くのは祝いのための儀式であり、泣かれるようなことは何もないはずなのだが。無意識にざっと探してみたが、今日は体調が思わしくないのか、マーリオの姿はその中にはない。

戻ったら必ずマーリオに会いに行こうと思いながら、シリルは村人たちを安心させるように、厳かな声で告げる。

「皆、見送りありがとうございます。国王陛下に会い、お務めを果たしてまいります」

それから、用意されていた村の二頭立ての馬車へと足を進める。乗る前にちらりと目を向けると、馬車の背後にはいつも王宮に出向くときのように、騎乗した狼獣人の警護たちの姿もあってホッとした。

彼らにそっと手を振り、獣耳のある頭がそれぞれ頷くのを見てから、馬車に乗り込む。

ふと思い立ち、シリルは隣に乗り込んできたリニにこっそりと訊ねた。

「ねえ、リニ。泣いてる者がいたけど、今年はそんなに大がかりなお祝いなのかな……？」

一緒に乗るはずの村長は、馬車の外で使用人に何か言いつけている。そちらにちらりと目を向けて、リニは「どうやらそのようですね」と言いながら、首を傾げている。国王が成年する際の儀式に赴くのは二人共これが初めてだ。

「現王ラウリー陛下は、まだ若いうちに王位を継がれた方ですから、無事に成人されて、村の皆もホッとした気持ちがあったのでは？　涙ぐむ者はずいぶんと感激屋だなと思いましたけど、まあ私たちの村は王家あってのものですし……それに、なんといっても国王陛下はシリル様の特別なお方なわけですし、たびたび村を訪れていらっしゃいますから、彼らが王を必要以上に敬って、まるで身内のように感じる気持ちもよくわかります」

『特別なお方』という言葉に、シリルはどきっとした。すぐに村長が馬車に乗り込んできて、御者に出すよう命じて、シリルとリニはそのまま口を噤んだ。

リニの言葉はその通りなのだが、改めて言葉にされると動揺した。確かに、ラウリーは幼い頃にこの山の中で偶然出会ってからというもの、数え切れないほどアルデの村を訪れ、山羊族とシリルにとてもよくしてくれている。そして、二人はただ種族を超えた友人という間柄ではない。

馬車に揺られながら、シリルは見送ってくれた山羊族の者たちのことを思い浮かべた。閉鎖的な村でひっそりと暮らす山羊族は結束が強く、一人の悲しみは皆の悲しみで、喜びもまた皆の喜びだという考えが当たり前だ。だがそれは、幸運が続くときには皆で喜びを分かち合える素晴らしい慣習な一方で、村を不幸が襲ったときは誰もが沈み込んで村は暗闇に包まれたようになってしまう。おそらく、特別な力持つがゆえに、昔から一族の者には街の暮らしが合わず、山深い村で寄り添い合って生きるしかなかったのだろうという想像がついた。

だが、長い歳月を経て、じょじょに山羊族の数は減っていっている。それは、一族以外の者を婚姻で村に受け入れることを禁じて、ずっと一族の者同士で婚姻し続けてきたせいだ。いくら金の子山羊の聖なる血を引き継ぐためとはいえ、長い年月の中で、もうほとんどの村人同士が何がしかの血縁関係にあり、閉じた村の中だけで一族の血を伝えていくのはすでに限界に近い。次第に、結婚しても、夫婦には子が生まれないことも多くなっている。村人たちの姿を思い返しながら、シリルは頭の中で、このままではそう遠からず、一族が存亡の危機を迎えてしまうだろうと考えていた。

おそるおそる、村長に他種族を迎え入れる案を伝えてみた者もいたが、とんでもないというような顔をされ、まったく取り合ってはもらえなかったらしい。村長や村の長老たちにとっては、金の子山羊の純粋な血を引き継いでいくことが何よりも重要だからだ。

村長たちの気持ちもわからないでもない。彼らにとって、村の外の者の血を入れることなど、あり得ない考えなのだろう。

（でも……きっと、このままじゃ駄目なんだ……）

たとえ山羊族の血が次第に薄くなり、二度と金の子山羊が生まれなくなったとしても、一族が絶滅するよりましなはずだ。

どちらにしても子が生まれなくなれば、村は終わりだ。子供の頃から、シリルはリニとマーリオ以外の村人との親しい交流を村長から禁じられている。それは、牧羊神の生まれ変わりであるシリルに何かあっては大変だからという理由だが、そうすることは、村人たちに、いまではほとんど特別な力もない自分を心から神と信じ込ませ、崇め続けさせて、閉じたこの村の暮らしを維持するために必要な処置でもあるのだろう。

シリルはこの生まれ育った小さくてのどかな村が好きだ。そして、ここでひっそりと暮らす、優しくて善良な山羊族の皆の未来を、なんとかしてよりよいものにしてやりたいと切に思っている。

だが、どうにかしなくてはと思う反面、いまはただ、自分がしきたりに縛られながら日々を暮らすだけでせいいっぱいだ。比較的前向きな性格で悩むことも少ないけれど、このところ、だんだんと一族の先行きにも自分の置かれた状況にももどかしさを感じ始めていた。

村から山のふもとに下りるまでは馬の足で三十分ほど、歩くとさらに倍以上の時間がかかる。村を出たあと、さらにぐるりと大きく周囲を囲むふたつの鉄柵の門を通る。その脇には、代々の国王の指示で立派な見張り小屋が建てられていて、常に狼族の軍人が数人ずつ交代で派遣され、この山に無断で立ち入る者がいないよう厳重に目を光らせている。その上、より広範囲の危険を察知するために、彼らは手下のオオカミも使って、山の中の些細な変化をも完全に把握している。オオカミの嗅覚と聴覚はただの人間とは比べものにならないほど優れているため、どんな者であってもアルデの村に無断で入り込むことはできない。その厳しい監視の様子から、もしやここは財宝が隠された山なのではないかと時折一攫千金を狙った泥棒が侵入を試みることもあったが、いつもすぐに捕らえられている。そもそもこのラドバウト山は、山羊族の村がある以外には、正真正銘ただ自然豊かなだけの場所で、盗める希少な宝など何もないのだ。

三つ目のふもとを囲む鉄柵の門の前には、予定通り、王家からの迎えの馬車が待機していた。山羊族と、それから例外的にヴォルフ王族以外の者は、馬車で山に乗り入れることは許されていない。そのため、シリルたちはここで村の馬車で王宮に赴く村長と別れ、迎えの馬車に乗り換えることになっているのだ。

「シリル様、お迎えに上がりました」

降りてきた軍服姿の使者の黒髪の間からは、黒い獣耳が生えている。精悍な顔立ちをした彼はマウリッツという名の国王の側近で、シリルとも顔見知りだ。

「マウリッツ、ありがとうございます」

シリルが彼にぺこりと頭を下げると、彼は馬車のあとについてきた二人の狼獣人と目を見合わせて頷く。

「ロドニー、レンス、警護ご苦労」

名を呼ばれた軍服姿の彼らの頭の上にも狼の獣耳がある。ロドニーとレンスは、村を守るために王宮警護隊から配属されてきた狼族の獣人で、このアルデの村の警護を主として担当している。

交代で派遣されてくる警護の中でも、特にこの二人は、元々王太子時代のラウリーについていた精鋭だといわれている。ラウリーが五年前に即位してからは、ほとんどずっと警護用の家に住み込みとなって、アルデの村の柵のそばに常駐して、山羊族の安全を守ってくれている。

彼らが来てからというもの、シリルが一人で森の中の散歩に出るとき、時折遭遇することのあった野犬や毒蛇などは、ぴたりと見かけなくなった。彼らが相当念入りに山の中に目を光らせてくれていることがわかる。二人のそばにそれぞれ付き従っている手下のオオカミたちも、完璧に彼らの命令に従うほど有能だ。

神として敬われながらも無力な自分などより、むしろ彼らこそが、山羊族にとって守護神のような存在だ。

そして、特に年に一度、シリルが王宮に出向く際には、国王の命により、いつもこうして警護についてくれているため、顔馴染みの二人が一緒に来てくれることはシリルにとってても心強く感じられた。

「村長、では、行ってまいります」

シリルは村長に挨拶をして、リニとともに馬車を降りる。テオレルは厳かに頷き「よくお務めを果たされますよう」と言ってシリルたちを送り出す。

ふと、馬車を乗り換えるとき、リニが一瞬だけロドニーと目を見合わせた気がした。なんとなくだが、彼らは最近いい雰囲気に思える。ロドニーが村の門のところに立つときは、時々、リニが差し入れを持っていっているようなのだ。もしかしたら密かに付き合っているのかもしれないけれど、わざわざ訊ねるのもなんだか気恥ずかしくて躊躇われ、打ち明けてくれるまではそっとしておこうと思っていた。

リニが彼を好きなら、どうかうまくいってほしいと心から思うが、そもそも山羊獣人と狼獣人の恋は、特別な場合を除いて、やや前途多難なのだ。

（もし、二人のことが村長にばれたら、お互いに将来を共にしたいと思っているとしても、リニは村から追い出されちゃうかもしれない……）

まずはばれないように気遣いつつも、万が一のときはぜったいに自分は誰よりもリニの味方になるのだとシリルは決意を固めている。

「これは、素晴らしく立派な馬車ですね」

シリルに続いて乗り込んだリニがため息を吐く。金をあしらった窓枠に、椅子や床に惜しみなく張られた天鵞絨《ビロード》という贅を凝らした内装は、そこからすでに王宮の一部のようだ。

一年ぶりに乗った王家の馬車は四頭立てで、さすがに乗り心地も速さも村の古い馬車とは雲泥の差だ。それでも王宮までは、ここからさらに二時間ほど馬車を走らせなければならない。

リニと並んで馬車に揺られていると、時折、窓に正装した自分の姿が映る。装飾のついた帽子は、ちゃんと頭と獣耳を覆っている。

(大丈夫……ずれていないし、山羊耳もはみ出てない……)

無意識のうちに確認してしまうのは、もう癖のようなものだ。

――なぜなら、シリルが〝きんいろ〟であることは、いまもなお、一族だけの厳重な秘密だからだ。

頭に被った帽子は、山羊族以外の者の前では決して脱いではならない。信頼の置けるロドニーたちの前でも、そしてこれから向かう王宮のすべての人たちの前でも。

気を引き締めながら、シリルはリニと共に、騎乗した二人の狼獣人たちに背後を守られつつ、一路王宮へと向かった。

＊

シリルたちが暮らす山一帯を含めた広大なレーンフェルト王国を治めるのは、狼獣人であるヴォルフ王族だ。

彼らの多くは、山羊族と同じように、獣の耳と尻尾を持つ獣人だ。山羊族は純血の血統を保ち続けているため、山羊耳と尻尾のない者は一人もいないけれど、狼族は人間や他の獣人との混血が進むにつれ、オオカミの血が薄くなり、獣耳や尻尾を持たずに生まれる者が出るようになった。そして、逆に血が濃ければ濃いほど、耳と尻尾を持つ上に獣性が強く、猛々しい気性の者が生まれるという。

そう聞いてはいるものの、シリルが知っている獣耳を持つ狼獣人たちは、山や村を守ってくれる警護の獣人たちを含めて、皆落ち着いた気質の者ばかりだ。野生のオオカミはヤギを食べるというが、シリルにとって狼族は血が濃い薄いにかかわらず、自分たちの一族を守ってくれる存在で、怖いと思ったことは一度もなかった。

そもそも、怖がる以前の問題として、獣耳と尻尾を持つ狼族の獣人は、昨今ではかなり少なくなっている。そのため、狼族の証しを持つ彼らは、王族とそれから高位の貴族などの富裕層にわずかに残るのみで、いまでは国内でもかなり珍しい存在なのだそうだ。

さらに国内には、ごくまれに山羊族と狼族以外の獣の血を持つ獣人もいるものの、そのほとんどが過去の生存競争の中で淘汰され、狼族によって国外へ追い出されるか、存在自体を駆逐されてしまったそうだ。そのせいで、いまではこの国に住む獣人といえば、強さを誇る狼族と、それからひっそりと山で暮らす山羊族のみと言っていいほど少ない。

そうやって他の種族が絶滅に追い込まれていく中で、なぜ、弱い山羊族だけが生き残り、狼族との共存を許されたのか——それはずっと昔、この国の狼族の王と一匹の山羊獣人との間に起きた、ある出来事に起因していた。

「——むかしむかし、あるところに、国を大きくしようと、強さをもとめるあまり、『心』をうしなってしまった狼族の王さまがいました。王さまは、民に無理難題をおしつけて苦しめ、土地も金貨もうばい、かしこい家来をおいだし、仲間にはかみついて、だれもかれをいさめるものはおらず、国はほろびる寸前でした。そんなとき、天から金色にかがやく子山羊があらわれ、そのひかりに目を射られた王さまは、うしないかけていた大切な『心』をとりもどしました。たくさんの仲間や家来、民がさってしまったことをふかく後悔しましたが、もう彼らはもどりません。すると、天帝のつかいだった子山羊は、今度は獣人の姿に変身し、なげく王さまのそばによりそって、二度とあやまちをおかさないようにとやさしくさとし、王さまの心をささえつづけました。王さまは子山羊のみちびきを素直にききいれ、しゅういの人々を大切にしながら、よいおこないを心がけるうち、家来はそばにもどり、仲間ともなかなおりをして、いつしかうしなったすべてをとりもどし、民からうやまわれる王さまにもどることができました。王さまはじぶんと国をすくってくれた山羊の獣人にふかく感謝し、金色の子山羊を牧羊神としてうやまい、復活したこの国の守り神とさだめて、命がつきるまで大切にあがめつづけたのでした——めでたしめでたし」

シリルが最後まで絵本を読むと、膝の上に座っている男の子と、隣から身を乗り出して食い入るように絵本を見ていた男の子が、同時にパッと顔を上げてこちらをキラキラした目で見た。

「そのあとヤギさんはどうなったの？」

「もういっかい！　もういっかいさいしょから読んで！」

それぞれに言いたいことを話す二人のそれぞれ銀色とダークブラウンの髪からは、髪の色とほぼ同じ色の毛に包まれたやや大きめな狼耳がぴょっこりと生えている。

彼らはレーンフェルト国王の三番目と四番目の弟の、リオネルとルイサで、現在四歳の双子たちだ。儀式に赴くため、シリルはリニといったん別れ、この控えの間に通された。そうして部屋に入るなり、中で待ち構えていた双子たちに掴まって、絵本を読んでほしいとせがまれたというわけだ。

「めでたしめでたし、で終わっているから、ヤギさんはきっとそのあとも幸せに暮らしたんじゃないかな。ごめんね、今日は一回だけしか読めないんだ」

すまない気持ちでそう言うと、シリルは二人の頭をそっと撫でる。いま彼らに読んでやったのは、この王国の史実に基づいた古い伝承を記した絵本で、双子たちはこの絵本が大のお気に入りなのだ。

山の奥深くにある村からほとんど出てくることなく暮らしている山羊族の獣人は、王宮でも街でもまず見かけることはない。しかも、この話に出てくる『金の子山羊』と同じ、山羊族の獣人の一人であるシリルと二年前の国王の誕生日に初めて会ってからというもの、双子たちはシリルに興味深々だ。だいたい月に一度程度、ラウリーは国王になってからも、聖殿で祈りを捧げるという名目でアルデの村にやってくるが、年に数回、双子たちは兄におねだりして一緒に馬車に乗り、どうしてもシリルに会いたいと村までついてくることすらあった。

この絵本に見事な筆致で描かれている美しく凛々しい金色の子山羊が大好きな二人は、顔を合わせるたび、シリルの両側にぴったりとくっついて離れない。してほしいことはいつも決まっていて、『あの絵本を読んで』と『ヤギのお耳を見せて』だ。

おそらくは、いつもそばにいる狼族の家族や使用人たちは、男女問わず背が高くがっしりとした体格なため、細身でまだ少年らしさが残るシリルに親近感を抱いて甘えてくれているのだろう。彼らの母親である王太后は、優秀な次男の教育にかかり切りで、その下に生まれたまだ幼いこの双子たちは、ほとんど世話係に任せっぱなしらしい。

そのせいで寂しいのか、シリルと会うたび双子は大はしゃぎで、山羊族のことや金の子山羊の伝承について、あれこれと質問攻めにされている。たとえこの子たちにであっても耳と尻尾を見せるわけにはいかないシリルは、見たいと駄々をこねられると困りはするものの、彼らがいつの間にか我儘を言うほど懐いてくれたことは素直に嬉しかった。一人っ子で兄弟がいる村人をいつも羨ましく思っていたため、シリルもリオネルたちを可愛がり、いつもこの子たちに会えるのを楽しみにしているのだった。

狼族の子供は皆、獣耳が大きくて可愛らしい。髪の色も見た目も少し違っているが、天真爛漫さと無邪気さはそっくりなこの王弟たちの愛らしさは、また格別だ。

「ねえシリル、もういっかいだけ、お願い」

ルイサがシリルの服を掴んで目をうるうるさせながらせがんでくる。王太后がほぼ顧みることのないまだ幼い双子に必死の様子で甘えられると、切ない気持ちになって胸が痛んだ。せっかくのおねだりなのだから、できることならなんだって叶えてやりたいところだけれど、さすがに今日は抜けられない大切な用があった。

困ったシリルがなんと言って二人に納得してもらったらいいか悩んでいたときだ。

「――リオネル、ルイサ。こら、シリルを困らせては駄目だろう？」

「「ラウリーにいさま！」」

双子は弾んだ声で扉のほうに目を向ける。

そこには、彼らと同じように頭の上に立派な狼耳を生やし、その耳よりも少し濃い艶やかなダークブラウンの髪をした青年が立っている。長身の立派な体躯に、今日は膝までの濃い臙脂色をした王家の正装を着て、さらにその上から金の刺繍が入った黒いマントを纏っている。微笑を浮かべると琥珀色の交じった焦げ茶色の目が鮮やかだ。マントに隠れていまは見えないけれど、臀部からは耳と同じ色の立派なふっさりとした尻尾を垂らしているはずだ。

兄の登場に、急いでぴょんとシリルの膝から飛び降りたリオネルが、とことことラウリーのところまで駆けていく。

まさか今日の主役であるラウリー自身がわざわざここまで来てくれるなんてと、シリルは内心でうろたえる。一瞬呆然としたあと、ハッとして長椅子から慌てて立ち上がった。

彼は部屋の扉のそばに立っていたロドニーにちらりと目を向けると、小さく頷く。村からここまでシリルを警護してくれた二人の狼獣人の軍人たちは、守りの堅いこの王宮に着いたあとも、一人ずつ交代でそばにいてくれている。

小さなリオネルはラウリーの手を引っ張りながら言った。

「いまね、シリルに絵本読んでもらっていたんだよ！」

「シリルはとっても声がきれいなの、それに、絵本を読むのもすごく上手なんだよ！　にいさまもいっしょに読んでもらおうよ！」

するとシリルの隣にいるルイサまでもが一生懸命に兄を手招きする。

「そうか、俺もぜひ読んでもらいたいところだが、残念ながら今日は時間切れだ。また別の日にお願いしよう」と彼が言うと、双子はえーっと揃って声を上げ、むうっと頬を膨らませる。

だが、一人ずつ兄の腕に抱き上げられて額にキスをされると、渋々ながらも大人しく頷いた。

「ねえねえシリル、いつお城に引っ越してきてくれるの？」

ふいに、少々拗ねた顔をしたルイサに訊ねられ、シリルはどきっとする。

「そうだよ、そしたらぼくたち、毎日シリルと遊べるのに！」

まだ頬を膨らませていたリオネルもパッと顔を輝かせて声を上げるが、それを一番知りたいのは実はシリルのほうだ。双子の言葉を聞いて、ラウリーが呆れ顔で窘める。

「こら、シリルはお前たちの世話係じゃないんだぞ？　だいたい、今日はなんのためにわざわざ村から来てくれたと思っているんだ」

兄の言葉に、「ぼくたちと遊ぶため！」と二人は嬉々として声を揃える。

「違うだろう、俺の誕生祝いのためだ」

呆れ顔の彼はまだ抱っこしていたルイサを丁寧に腕から下ろすと、シリルのほうを向く。

やれやれと眉をひそめた彼がシリルのところまでやってくると同時に扉がノックされ、村からついてきてくれたもう一人の軍人、レンスが顔を出す。

「失礼いたします。そろそろお時間ですので、リオネル殿下たちの世話係が迎えに来ていますが」

「ああ、連れていってやってくれ」

ラウリーの指示を聞き、部屋の中に入ってきたレンスはリオネルの手を引き、ロドニーがまだ少しここにいたいとぐずるルイサを「失礼します」と言って抱き上げると、部屋を出ていく。

不満げな双子たちは「シリル、またあとでね！」と声を上げて、必死にこちらに手を振りながら連れ出されていく。シリルも慌てて手を振り返した。

扉が閉じられると、控えの間は急に静かになった。

ラウリーは一歩距離を詰め、深い色の目でじっとシリルを見つめてくる。

山羊族の中であれば、シリルは同年代の獣人たちとほぼ変わらない身長と体格だが、狼族の中でも長身の彼とでは、かなりの身長差がある。

二人だけになって向き合うと、はっきりとした彫りの深い彼の顔には、『会えて嬉しい』という気持ちが滲み出ているように思えた。それを見ると、シリルの中に嬉しさと動揺が綯い交ぜになった感情が湧いてきて、どうしていいのかわからないほど胸がどきどきした。

一瞬の沈黙のあと、ラウリーが頬を緩めて口を開いた。

「着いたという知らせのあと、なかなか儀式の間に来ないから心配して迎えに来たんだ。あの二人がこそこそと抜け出してどこかに行ったなとは思っていたが、ようやく着いた君を、まさか絵本を読んでもらうために控えの間で引き留めていたとはな」

「す、すみません……せっかく会えたので、僕も読んであげたくて」

彼を見上げながら謝ると「謝るのはこちらのほうだ」と彼は口の端を上げる。

「よく来てくれたな……俺の子山羊」

ラウリーはどこか感慨深く、やや声を潜めていつもの言葉を言う。出会ったときが五歳とまだ幼かったからか、彼はシリルのことを二人きりになるといまのように『子山羊』と呼ぶことがある。だが子供扱いされているわけではなく、親しみと愛情が籠もった言葉だとわかるので、少しも嫌ではなく、ただくすぐったいような気持ちになった。

彼は身をかがめてシリルの額にそっと口付ける。顔を離すと、今度は大きな手で両手を掬い取られて、大切そうに握られる。どぎまぎしながらシリルはぎこちなく微笑んだ。

「ええ、参りました。遅くなって申し訳ありません、ラウリー様」

そう言いながら、膝を曲げて改めて挨拶をすると、彼は首を横に振った。

「いや……今朝は、どうしても外せない村での儀式があることもちゃんと事前に聞いていたし、問題はない。むしろ、無事に来てくれて嬉しい。予定より多少遅れたとしても、必ずシリルは来てくれるはずだと伝えても、年寄りの大臣たちは『山羊獣人どのは、もしや成年の儀式に間に合わないのでは？』と青くなって落ち着かず、俺の言葉を信じないのだからな。到着の知らせを聞いたら、皆ホッとして胸を撫で下ろしていたよ」

「ご心配をおかけして申し訳ありません……それと、あの、本日は、お誕生日、おめでとうございます」

シリルはおずおずと祝いの言葉を口にする。

今日の王宮の主役――そう、彼こそがレーンフェルトの現国王であるラウリー・レーンフェルト・ヴォルフで、本日は彼の二十歳の誕生日だ。

そして彼は、幼い日に子ヤギの姿で山を気ままに散歩していたシリルが出会った、あのときの狼族の少年なのだった。

十一年前のあの出会いは、シリルの運命を大きく変えることになった。

レーンフェルト王家において、国王が即位すると、国の守り神である牧羊神の血を引く山羊族から一人が、王の誕生祝いの儀式を行うために選ばれる。誰にするかは国王自身が決めることになっていて、一度務める者が決まると、王が代替わりするまではずっとその者が王のために祈りを捧げる役目を担い、毎年一度、国王の誕生日の儀式のために王宮を訪れることになる慣わしとなっている。

前王に選ばれたのは村長のテオレルだったが、五年前に前王が亡くなったため、十五歳で王位を継いだラウリーは、シリルを選んだ。即位五年目となる今年もまた、これまでと同じようにシリルは招かれ、彼が二十歳を迎える成年の儀式を祝うためにこうしてやってきたのだった。

彼が即位した最初の年は、シリルはまだ十一歳で、ただラウリーの祝いの日のために、大きな役目を滞りなく済ませられるよう、そして王宮でも〝きんいろ〟であると誰にも知られないようにするのに必死で、他には何も考える余裕がなかった。

けれど時を重ね、五回目ともなった今年は、シリルも十六歳になり、ラウリーが無事にこの日を迎えられたことを心の底から喜ぶ余裕も生まれている。

五歳のときに出会ってからというもの、ラウリーはほぼ月に一度、村に足を運んでくれているが、先月は成年の儀式の準備で忙しくしていたらしく、手紙と差し入れだけが送られてきた。だから、顔を合わられるのは二か月ぶりだ。

そして、彼の正装した姿を見るのは去年の誕生日以来、一年ぶりだった。なんだかたった二か月会えなかっただけで、ラウリーがさらに男らしく立派になった気がして、こうして近くで見ているだけでも顔がじわじわと熱くなっていくのを感じた。

祝いの言葉を述べたあと、ハッと大切なことを思い出す。シリルはリボンをかけた小さな包みを懐から取り出すと、おずおずと彼に差し出した。

「ラウリー様、二十歳のお誕生日を迎えられたこと、山羊族の一人として、心よりお祝い申し上げます。あの……それと、もしよろしかったらこれを受け取ってやってくださいませ」

開けてもいいかと訊かれてこくりと頷くと、ラウリーはその場で包みを開けてくれた。包みの中には、村で飼っているヤギの毛を紡いだ糸を、植物の葉で彼の髪と同じこげ茶色に染め上げ、丁寧に飾り編みをした手作りの腕輪が入っている。それには、山で見つけた半透明の金色に煌めく小さな護り石を七つ通して、守護の願いを込めてあった。

山羊族は狼族の手厚い庇護を受けているが、一族には生活力のない者やもう働けない高齢の者も何割かいる。そんな皆の衣食住を丸ごと抱え込んだ村の暮らしには、それほど余裕があるわけではない。

だから、これが山奥の村でつつましく暮らすいまのシリルにできる、せいいっぱいの彼への贈り物なのだった。

「……ありがとう、シリル。とても綺麗な腕輪だ。君が作ってくれたのか？　こんなに細かく編むのは大変だっただろう」

中身を見るとラウリーは目を細め、驚くほど嬉しそうに微笑んでくれた。

着けてもらえるか？と頼まれて頷き、シリルは震えそうになる手で、彼の手首に腕輪を結ぶ。

結び終えると、この腕輪がラウリーを守ってくれるようにと祈りながら、自分の唇に指を触れさせ、願いを込めてその指で腕輪に触れた。山羊族において、物への口付けは守護の意味を持つ。

「いかなるときも、あなたの守護となりますように」

そう言ってからシリルが手を離すと、ラウリーはもう一度礼を言い、シリルの指が触れた場所をとても大切そうに撫でてから、腕輪を顔に近づけ、そこに口付けた。

間接的な口付けをされて、シリルは心臓が止まりそうになる。腕輪のはまった自分の手を眺め、しみじみと彼が言った。

「こうして君から祝福ももらえたし、なんだか今日はとてもいいことが起こりそうな予感がするな」

予想外なほど喜んでくれているラウリーを見て、シリルは安堵した。

きっと国の貴族や周辺国の王族からも様々に高価な贈り物が届けられているだろう彼に、手作りの腕輪など……と、少々引け目を感じないわけではなかったが、シリルには自由に使える金貨がなかった。

一族の者は、たとえ働けなくなっても最低限の生活が保障される代わりに、山羊族の掟は厳しい。村長から許可を得ない限り、自由に山を下りるどころか、勝手に村を出ることすら許されないのだ。そんな中で、一族以外の者に毛色を見せてはならないと厳命されているシリルが、街に下りて金貨を稼ぐために働くなど許されるはずもなかった。

金の子山羊として務めを果たす義務を課せられているが、どんなに心を込めて祈っても贈り物ひとつ買うことはできないのだ。

シリルが〝きんいろ〟だと知っている山羊族の者も、それを知らずにただの山羊獣人だと思っている狼獣人の警護たちも、皆とても優しく接してくれるし、村長は少し厳しい人だけれど、村には古くからの守るべきしきたりがたくさんあるのだから仕方ないとわかっている。

いまの暮らしに強い不満があるわけではない。両親を亡くし、なんの特技もない自分が、生まれたときから一度も衣食住に不自由したことはないのだから、きっと恵まれているのだと思う。それなのに、時折、首に縄をつけられて窮屈な籠の中に閉じ込められているみたいで、シリルはどこか息苦しい気持ちになることがあった。

そんな状況の中で作れるものをと、せいいっぱい材料を集め、心を込めて編んだ腕輪をラウリーが殊の外喜んでくれたことがたまらなく嬉しくて、シリルは胸がいっぱいになった。

ラウリーがまた何か言おうとしたとき、扉がノックされた。

「入れ」

「失礼いたします。陛下、そろそろお時間です」

ラウリーが応じると、部屋に入ってきた彼の随従らしき者が、控えめに声をかけてくる。もう一人の者は、シリルを案内するためだろう、毎年、国王の誕生日に王宮を訪れるとついてくれる、サシャという名の青年の使用人だ。シリルがサシャにぺこりと頭を下げていると、ラウリーが再びシリルに目を向けた。

「儀式が終わったら、いつものように大広間で祝賀の宴が張られる。やはり、参加は今回も難しいだろうか？　俺は招待客から挨拶を受けねばならないが、できるだけ早めに切り上げようと思っているんだ。だから、できることなら、まだ帰らずに待っていてもらえないか？」

国王の誕生日の祝いの儀式が終わると、シリルはいつも宴には参加せず、日暮れまでに戻れるようにまっすぐに村に帰っている。毎回、ラウリーは宴に席を用意するから参加しないかと誘ってくれるのだが、村長にお伺いを立てると、宴の席で多くの人に会うのは危険だと思うのかいい顔をされない。山羊耳をちゃんと隠しさえすれば、出席しても別段問題はないはずだし、リオネルたち双子もきっと喜んでくれると思うのだが、『代々、山羊族の者は儀式が済むと宴には出ずに帰るものなのですよ』と窘められて、これまでは断らざるを得なかった。

シリルが躊躇う様子を見せると、ラウリーが「宴に出るのが難しければ、王宮に部屋を用意させるから、そこで待っているのならどうだ？」と持ちかける。それなら村長に苦い顔をされることもなさそうだと思っていると、「儀式に参列する村長には使いをやって、ちゃんと今日は遅くなる旨も伝えさせる。俺の頼みだと伝えさせるから大丈夫だ。それと、待機しているリニのところにも使用人を行かせるから」と言われてホッとした。さすがに国王たっての希望だと使者に言われれば、村長も無下《むげ》に断るわけにもいかないだろう。貴族についてきた従者のために用意された部屋で待っているはずのリニのことまで気遣ってもらえるなら不安はないし、もちろん、シリルは待ってさえいればラウリーとまた会えるのだから大歓迎だ。

「お気遣いありがとうございます。では、お待ちしていますね」とシリルが応じると、ラウリーはさらに続けた。

「すまないな。部屋に食事を用意させるからくつろいでいてくれ。ああ、先月、君に持っていくつもりだった本も選んであるから運ばせる。暇つぶしになるといいんだが」

「ありがとうございます、嬉しいです」

彼は村に来るとき、いつもシリルのために本を何冊か持ってきてくれる。物語好きなシリルの好みを知っての気遣いが嬉しくて、思わず笑顔になると、彼もホッとしたように頬を緩めた。

「もし足りないものがあれば、なんでもサシャに頼んでくれ。一通り挨拶を受け終わったら俺も時間を取れるから。そのとき……君に話したいことがあるんだ」

サシャがにこっとして頭を下げる。慌てて会釈を返しながら、シリルはラウリーの言葉を不思議に思った。

（話したいこと……？）

ラウリーがこんなことを言い出すのは初めてだ。

なんだろう、と思いながらも、いまはラウリーの随従とサシャを待たせている。もうじき儀式が始まってしまう時刻のため、これ以上のんびり話をしているわけにもいかない。

はい、とまた頷くと、ラウリーが軽くシリルの肩に触れ、「ではまた後ほど」と言い置いて、随従と共に足早に部屋を出ていく。

もう五回目なのですっかり慣れっこだが、正面扉から神殿に入るラウリーと、山羊族のシリルとでは、同じ神殿に入るにも入り口が違うのだ。

「シリル様、ご案内いたします」と言って、燭台を手に促すサシャのあとについて、シリルは控えの間にもうひとつある扉から出ると、そこからずっと奥まで延びた裏通路を進んでいく。通路には窓はないが意外に広く、サシャが燭台で先を照らしてくれるため問題なく歩ける。王宮内にはどうやらこういった秘密の裏通路がいくつもあるようだが、シリルが知っているのはここだけだ。

控えの間から王宮内の神殿に繋がる、秘められた通路。

今日、ここに招かれた目的を果たすために、シリルは通路を進み、神殿の儀式の間の最奥に造られた、『牧羊神の間』へと足を踏み入れた。

レーンフェルト王国において、国王の誕生日を祝う儀式の流れは、古くから決まっている。神殿にずらりと並んだ狼族の重鎮たちの前で、世界を司る天帝と、この国の守護神である牧羊神の二神に、無事に生誕の日を迎えられた感謝と供物を捧げるとともに、彼らから祝福を授けられる。

そして狼族の王は、富めるときも驕り高ぶることなく、民への敬意を忘れず、国を守り続けることを誓うのだ。

半ば形骸化した儀式ではあるが、レーンフェルト建国の頃から続けられてきた由緒あるもので、毎年欠かさずに行われてきた。

この国では、建国の日に次いで国王の誕生日が盛大に祝われる慣習がある。裏通路を歩きつつサシャから聞いたところによると、今年はラウリーが成人を迎える年なので、どうやら国内だけでなく、諸外国からも多くの招待客が訪れていて、祝いの宴もかなり豪奢なものになっているようだ。

「今日のために、街のパン屋では記念の文字を入れたパンや焼き菓子が売られていて、街頭の商店では年一度の稼ぎ時なんですよ。王家からも感謝の意味を込めて、民に記念の銀貨を配ったり、今月は租税が下げられたりもするので、どこもかしこもお祝いの空気でいっぱいで、街中はもう大にぎわいです」

「そうなんですね……」

サシャの話に、村に籠もって暮らしているシリルは目を丸くしてしまう。

「それに、祝いのために先月、国王陛下の新しい肖像画が一般の民も入れる場所で公開されたんですが、それを模写した額入りの絵画がもう飛ぶように売れているそうです」

何げなく話すサシャに、シリルはどきっとして思わず足を止めた。

実はシリルも、今年のものではないが、ラウリーの肖像画を持っているのだ。

ラウリーが即位して間もない頃、王家公式の肖像画が公開され、その模写が街で売られているという話をリニから伝え聞いて、シリルはとてもそれが欲しくなった。彼自身が毎月村まで会いに来て、欲しいものはないか?と訊ねてくれるのだから、頼めば用意してもらえるかもしれなかったが、さすがに本人を目の前にして『あなたの肖像画が欲しいです』などと言えるわけもなかった。そもそも、ラウリーが来てくれるだけでも嬉しくて、この上彼に何かをねだることは贅沢に思えた。

あれこれ考えてみたものの、手に入れる方法はなく、諦めるしかないと考えて沈んでいたある日のことだ。リニから「これをどうぞ」と言われて見ると、渡されたのは、正装したラウリーを描いた両手のひらに載るくらいの大きさの肖像画で、シリルは仰天した。なんでも、シリルがそれを欲しがっているという話が街に物を売りに行く村人の耳に入り、村人たちが相談して少しずつお金を出し合い、山を下りた際に、街の絵描きから買ってきてくれたというのだ。あまりに嬉しくて、シリルは村人たち一人ずつに丁寧な礼の手紙を書き、その小さな絵画を寝台のそばにこっそり飾って、いまも毎日眺めてから眠っているのだった。

「シリル様？　大丈夫ですか、もう少しで着きますので」

思わず答えに詰まったシリルを、サシャが心配そうに気遣ってくれる。

絵画の話を聞いてうろたえていたシリルは我に返り「大丈夫、ありがとう」と言うと、引き続き彼のあとについて歩き始めた。

ラウリーの肖像画が大人気で、惚れ惚れと眺めてしまうのが自分だけではないのは当然のことだ。

レーンフェルト王国において、古くから周辺国の侵略をことごとく遮り、長年国の平和を守り続けてきたヴォルフ王族への感謝は深く根付いていて、王族は非常に敬われる存在だ。その中でも、まだ若く精悍な容姿を持ち、実直な治世を評価されている現国王のラウリーは、王太子の時代から際立って民の人気が高い。

ラウリーは、元々城の使用人だった母が前王に見初められ、第二夫人となって産んだ、国王にとって一人目の王子だ。その頃、国王にはすでに身分の高い正妃がいたが、まだ子に恵まれていなかったため、ラウリーは母の身分にかかわらず、王位継承順一位の王太子として育てられることになった。

彼が物心つく前に母は亡くなってしまったが、父である国王からの強い期待を受けたラウリーは、様々な教師をあてがわれて帝王学を叩き込まれた。同時に、馬術や剣の腕も磨き、次第に王位に相応しく、多方面で天賦の才能を発揮するようになっていった。

数年後に正妃はようやく第二王子を生み、さらにその後、双子の王子たちにも恵まれた。しかし、八歳差の第二王子が生まれた頃には、ラウリーはすっかり周囲から存在を認められ、将来を見据えた国の有力な貴族たちからの強い後押しも受けるようになっていた。我が子を王にしたいと願う正妃からの強い抗議はあったものの、王太子の座は揺らぐことはなく、父亡きあと、ラウリーは十五歳で国王の座につくことになったのだ。

即位後、煌びやかな王冠を頭に載せた彼の姿は、賢王と名高かった祖父にそっくりで、誰の目にもヴォルフ王家の血筋を濃く引いていることが明らかだった。かすかに野性味を感じさせる精悍なその容姿と、口さがなく手厳しいうるさ型の貴族たちが『使用人の母から生まれたくせに』と揶揄できないほど努力家で誠実な性格だという話は、民から非常に好まれ、今日の誕生日も、王宮前の広場には驚くほど多くの国民が押し寄せているらしい。まるで、国中の者が彼の誕生日を祝っているかのようだ。

その白熱した人気ぶりに感嘆するとともに、子供の頃から彼を知っているせいか、シリルは誇らしいような、どこか寂しいような、複雑な気持ちに囚われてしまう。

（でも、皆から慕われるのも当然のことだよね、ラウリー様は素晴らしい人だから……）

心の中で、シリルは自分にそう言い聞かせる。この日を喜ばしく思い、感嘆する気持ちだけを残して、寂しさには心の中でぎゅっと蓋をした。

王宮の一角にある天井の高い神殿には、最前列にヴォルフ王族が並び、続いて貴族をはじめとする国の重鎮たちと、諸外国から招かれた王族たちが続々と入ってくる。後方には、国内に住む各獣人の一族からもそれぞれ一、二人ずつ招かれた者の姿がある。おそらく、村長はあの辺りにいるのだろう。

その様子を紗の布を挟んだ場所から見下ろしながら、シリルは気を引き締めた。

もうじき、儀式が始まる。

神殿の中央通路に敷かれた深紅の布は、正面に置かれた祭壇の奥、十段ほどある階段の上まで続いている。階段の上には、代々の王が座ってきた豪華でどっしりとした作りの立派な玉座が据えられている。さらにその後ろ、もう三段ほど階段を上がった突き当たりの壁のずっと上部には、精緻な造りの荒々しい形相をした天帝の像が半身を乗り出すようにして彫られ、神殿を訪れる人々を睥睨している。荒ぶる天帝の足元の壁は人の背丈ほどにくりぬかれているが、そこには紗の幕が幾重にもかけられ、儀式の間にいる者たちからは決して中が見えないようになっている。

先ほどシリルがサシャに連れられ、裏側の扉から密かに通された玉座の奥の小部屋こそが、この国の守護神を祀る『牧羊神の間』なのだった。

この部屋の地下にある王家の霊廟には、数百年前に生まれたという初代の金の子山羊、そして、その後に二度生まれたと伝えられている金の子山羊たちの亡骸も納められているそうだ。山羊獣人でありながらもヴォルフ王家の霊廟に納められているのは、その時々の国王が、最大限の礼を尽くしたためだろう。

三人目の金の子山羊が生まれたのはもう五百年ほど前のことで、どうしてなのか、その後はシリルが誕生するまで、ぱったりと生まれなくなっていたようだ。

金の子山羊は初代以降、生まれるたびに必ず国の宝同然に敬われ、山羊族からだけではなく、レーンフェルト王国を挙げて大切に崇められてきた。しかも、早世した三人目以外、初代と二人目の金の子山羊はどちらもその代の王に正妃として娶られ、宝物のように大切にされて幸福な人生を送ったという。史実に残るのみなので、それがどういった経緯での結婚だったのかは定かではないが、山羊族の中にも『金色の子山羊は王に娶られる』という認識が自然とあった。

だからもし、五百年ぶりに実は四人目となる新たな金の子山羊が誕生していたことが公になれば、国は祭りのような大騒ぎになったことだろう。

それなのに、シリルが金色であることが一族以外の者には厳重に伏せられ、十六歳になったいまも秘められたままでいるのには、悲しいわけがあった。

シリルが生まれたばかりの頃のことだ。金の子山羊が誕生したという知らせがよき日を選んで王宮に届けられる前に、村に侵入者があり、乳飲み子のシリルが拉致されそうになるという事件が起きた。

王家の保護のもとに暮らす山羊獣人が村を出るとしたら、罪を犯して追放されるか、もしくは村の外に嫁ぐときくらいしかない。山羊獣人を娶れるのはかなりの幸運とされ、見合い相手は引きも切らないが、一族はほとんどの場合、村の外の者との婚姻をあまり好ましくは思わない。そのため、外の者と結婚すると、ある例外を除いて二度と村には戻れない上、相手側がそれなり以上の額の金貨を村に納めることというしきたりがある。必然的に山羊獣人と結婚できる一族外の相手は、金持ちの貴族か裕福な商人などがほとんどだ。

だが、赤子のシリルを拉致しようとした犯人は、そんなふうに昔、村を出た者の子供で、豊かな商人だった祖父の仕事が傾き、山羊獣人の身内の口利きで、アルデの村の者が街で物を売るときに手伝いをして、なんとか糊口を凌いでいた若者だった。人間の血が濃くなって山羊耳も持たず、いまでは山羊獣人の血をわずかに引くだけのごく普通の人間だ。彼はシリルの誕生を喜んだ親戚の村人から『大変貴重な金の子山羊が生まれた』という話を密かに聞きつけ、赤子の獣人を売って借金に充てようと拉致を企てたらしい。

なぜなら、金の子山羊はレーンフェルトでは敬われ、神として大切にされる特別な存在だが、周辺国ではまったく話は違う。特に隣国のハイダール王国では、金色の被毛を持つ生き物は、恐ろしいことに神に捧げる供物として希少とされていて、もし売り飛ばせば、相当な額の金貨が手に入ることは間違いないのだ。

犯人は親戚に頼んで村に入り込み、事件を起こした。彼は争いの末に取り押さえられたときの怪我がもとで死んだが、不幸にも、我が子を守ろうとしたシリルの父までもが、同時に大怪我をして命を落としてしまった。しかも、怯えた山羊一族は、図らずも手引きをすることになった一族の者を厳しく処罰した上で、内々に警護を強化したにもかかわらず、その後すぐにまた、今度は村に火矢が投げ込まれる事件が起きた。そのときの火事で数軒焼失したうちの一軒は、よりによってシリルの両親の家で、父の思い出の品も何もかもが燃えてなくなってしまった。

延焼する前に火は消し止められ、村人も母とシリルも怪我はなく無事だったが、結局放火の犯人は見つからなかった。村人は皆仲が良く、村の中に犯人がいるなど考えられない。当時はまだ、狼獣人の警護はふもと一帯を警戒するのみで、村の前には立っていなかった。村長のテオレルは一族以外の者は誰も信じられないと、しばらくの間、仲間のはずの狼族すら警戒して、警護の者たちに事件の話を打ち明けられずにいたようだ。

のどかな村に立て続けに起きた二度の事件に、村人たちは皆震え上がり、出産後間もなかったシリルの母は衝撃のあまり寝込んでしまった。どちらもが、久方振りに誕生した金の子山羊を狙ってのことだというのは明らかだったからだ。

シリルの父の死と、家への放火に深く心を痛めた村長は、村の中で話し合いを重ねた上で、国王に子供の拉致未遂と放火があったことを報告し、村の警護をいっそう強化してもらうよう頼んだ。さらに村人たちも担当を決めて、家々の見回りを欠かさないこと——そして、ようやく生まれた金の子山羊の命を守るために、その誕生を公には伏せよう、と決めたそうだ。

そのために、厳重な箝口令が敷かれ、村の山羊族以外では、シリルが〝きんいろ〟であることを知る者は誰もいない。

けれど、シリルは幼い頃ひょんなことから、山の中で迷っていた王太子のラウリーと偶然出会った。シリルを気に入った彼がたびたび村にやってくるようになると、友達の彼には真実を伝えたくなった。

彼は当時ずっと、時々体調を崩す父親のことを心配していた。金の子山羊が生まれた国王の代は、天帝の祝福を受けて栄えると古くからの伝承にも書かれている。だから、シリルが〝きんいろ〟だと知れば、彼はきっと父の今後に希望を抱き、喜んでくれるのではないかと思ったのだ。

だが幼いシリルが訊ねた『王太子さまにだけは打ち明けてもいいか』という願いは、村長によって厳しく却下された。

『ぜったいに知らせてはなりません。あなたの拉致を目論んだ侵入者は死にましたが、放火犯のほうは未だに捕まっていないのですよ』

確かに誰がどういう目的でシリルを狙ったのかもまだ判明していない。歴史書によると、シリルの前に生まれた三代目の金の子山羊は事故で早死にしたそうだ。そんなふうに、金の子山羊に恵まれたにもかかわらず、天寿をまっとうせずに亡くなると、その王の代は、恐るべき大災厄が国を襲ったことが史実に書き残されているという。そのため、国の安寧のためにも、どうしても一族は、シリルが穏やかに命を終えるまで安全に守り抜かねばならないのだ、と。

だから、シリルはラウリーの前では帽子を取ったことがない。彼はいまも、シリルの毛色は山羊族の他の皆と同じで、白毛の獣人だと思い込んでいるはずだ。

（もし……僕が〝きんいろ〟だって知ったら、ラウリー様はどう思うかな……）

驚く？

ずっと黙っていたことを怒る？

それとも――打ち明けたら、いまからでも、喜んでくれるだろうか……？

もちろん、シリルは彼に本当のことを伝えたい。いまの状況は、村と自分に必要以上によくしてくれる彼を欺いているようでもやもやするし、何があっても耳と髪を頑なに隠し続けなければならないという不便さもあった。

けれど、相手が王子であろうと、金色に生まれたという事実を村の外の者に明かせば、シリル自身だけでなく、一族と国の安全の両方が脅かされるのだと言われて口外を禁じられては、そんな危険を冒してまで、自分の希望を押し通すことはどうしてもできなくなった。

儀式の始まりが近づき、神殿の中まで送ってくれたサシャが下がっていくと、牧羊神の間で、シリルは一人になった。

こぢんまりとした室内の中央には、玉座と同じくらいに立派な椅子がひとつ据えられ、その隣の小さなテーブルの上に、水差しと、新鮮な果実を盛った籠が置かれている。すべて鈍い金色で揃えられた燭台や家具は、古いが贅を尽くしたもので、刻印に山羊族の紋章が刻まれている。この歴史ある部屋に足を踏み入れるたび、部屋の至るところに、狼族から山羊族への敬意と配慮が表れているのを感じた。

元々ここは、初代の金の子山羊のために造られた祈りの部屋だったそうだ。その後、〝きんいろ〟が生まれない時代は、その代わりとして、普通の山羊獣人がひとり選ばれてここで祈る役目を授かるようになった。

椅子の端にそろそろと遠慮がちに腰かけると、シリルは目を凝らしてじっと前方を見る。部屋の入り口にかけられた紗の幕は、向こう側からは中がまったく見えないようになっているが、神殿の中にあるたくさんの窓から昼間の陽光が射し込んでいるせいか、こちら側からはうっすらと向こうの様子が見て取れた。

階段の下には立派な祭壇が据えられ、その上には天帝と牧羊神への捧げ物として、高価そうな品々が溢れんばかりに並べられている。酒の瓶や焼き色が綺麗で大きな果実のパイ、七面鳥の丸焼きに、ずっしりと金貨の詰められた袋など、村の祈りの間に置かれる心尽くしのものとは比べものにならないほど豪華な品ばかりだ。

いま、階段下に立っている高齢の大神官の頭の上には、狼耳が見える。神殿の中に集まった人々のほとんどが血の濃い狼族らしく、遠目にも獣耳が並んでいるのが見えた。座席の最前列には、小さなリオネルたちがお利口にちょこんと並んで座っている姿もちらりと見えた。ラウリーのすぐ下の弟である双子の兄王子はその隣にいるが、三兄弟の母でラウリーの義母にあたる王太后の姿は見当たらない。

（でも……いくら第二夫人の息子であるラウリー様のことが気に入らなくても、まさか、誕生日の祝いの儀式に不参加ということは……）

頭の中でシリルが悩んでいると、厳かな鐘の音が鳴り響き、ラウリーが神殿正面の入り口から姿を見せた。深紅の敷布の上を進み、祭壇の前にやってきて大神官に会釈をしてから、彼は落ち着いて階段を上り始める。

狼族の正装を身に纏い、わずかも緊張する様子を見せない彼の堂々たる様子は、ため息が漏れるほど立派で、王家の血の高貴さがその身から滲み出るかのようだ。どきどきしながら見つめるシリルの目に、ダークブラウンの艶やかな髪が光をはね返して煌き、彼の周りがかすかに輝いているような気さえした。

牧羊神の間のある場所から少し下がったところに据えられた玉座に座る前に、彼はふとこちらに目を向けて、じっとシリルのいるほうを見上げてくる。

見えるはずはないけれど、一瞬、琥珀色の彼の目と目が合ったような気がして、どきんとシリルの胸の鼓動が跳ねた。

儀式が始まると、まずは大神官がその場に跪き、天帝への祈りの言葉を口にする。次に牧羊神への祈りを捧げ、皆が祈る時間を持ってから、本日の国王の誕生日と、成年したことを祝う言葉を述べた。

大神官の言葉が終わると、ラウリーは玉座から立ち上がり、シリルのほうに目を向ける。ゆっくりと片方の膝を折って、彼はその場に跪いた。

「――天帝、そして牧羊神である金の子山羊よ。こうして無事、成年を迎えられたことに感謝を捧げる。どうか、これよりいっそうの我が国の繁栄と、民の幸福が続くように守護を」

ラウリーはそう言って胸の前で手を組むと、静かに目を閉じる。

続いて、階段の下に並んだ彼の腹違いの三人の弟たちが、そしてその後ろに並んだ王族たち、王家と関わりの深い貴族たちが波が寄せるように次々と跪いていき、声を揃えて国を守る二神に感謝と願いの言葉を復唱していく。

誰にも見えないけれど、シリルも椅子から下りるとその場に両膝を突き、天帝と初代の牧羊神に向けて、真摯に祈りを捧げた。

――どうか、ラウリー様の願いを叶えてくださいますように。レーンフェルトがこれからもより栄え、国の皆が幸せでありますように。

国王に選ばれた山羊族の者は、毎年、ここで牧羊神の末裔として、王の誕生日に祈りを捧げる。

シリルは、村の聖殿の奥の間では一族と村のことを祈り、王宮の牧羊神の間では、こうして国とラウリーのことを祈る。どちらも、自分の頼りない肩に乗せられるには重すぎる祈りだと思うが、他にできることはなく、ひたすら心を込めて一心に祈った。

自分は金色の被毛を持って生まれたけれど、ただそれだけの存在だ。明らかに神ではない、誰かの祈りを聞き届ける力など持っているわけがない、ただ毛が金色なだけの平凡な山羊獣人だと自覚している。

それなのに、〝きんいろ〟であったがために、父と母を失い、両親との幸せな暮らしを奪われた上に、毛色を明かせば命を狙われるこの運命から逃れることもできない。

けれど、そのことばかりをひたすら考え、悩みの中に沈み込んだとして、いったい何になるのだろう？

もしシリルが投げやりになって、皆の期待から逃れようとすれば、自分を大事に育てて可愛がってくれたマーリオや、いつも世話をしてくれるリニ、そして仲間である山羊族の皆――それから、大好きなラウリーまでをも悲しませてしまうことになる。

比較的幼いうちからこの状況を呑み込み、シリルは様々なことを諦めると決めた。村から出る自由はほとんどない暮らしの中だからこそ、たまに許される森の中の散歩を楽しみにして、求められた役割をできる限り一生懸命果たす。そして、一族のために、愛する人たちのために、亡くなった両親の分もせいいっぱい前向きに生きるのだと強く決意していた。

制限の多い村の暮らしの中で、悪いところばかりを見つめ続けていたら、たとえ楽観的な性格のシリルであっても心を病んでしまう。

そんなふうに思えるようになったのはきっと、自分には、幼い頃から絶望しないでいられるだけの大きな心の支えがあったからだ。


――狼獣人と山羊獣人の間にある深い関わり。

それは絵本にも描かれるほど有名な、狼族の王と金の子山羊にまつわる史実に基づく伝承として残されている。

太古の昔、レーンフェルト建国当時のことだ。

古くから、辺り一帯を広く縄張りとしていた狼族は、果てしない強さを誇り、あらゆる獣人と獣たちの長としてこの地に君臨していた。だが、狼族の獣人王は自らの力に驕り、ある些細な争いから乱心して、他の一族に攻め入るだけではなく、自らの一族を虐げ始め、止める仲間を傷つけて、国は滅亡寸前に陥った。

自らも争いの中で大怪我をした王は、血まみれで逃げ込んだ山の中で、惨状を見かねた天帝の遣いとして現れた金色の子山羊に出会い、正気を取り戻したのだという。

我に返った狼族の王が何もかもを失ったことに絶望していると、金色の子山羊は獣人の姿に変化して、もう二度と過ちを犯さないように彼を諭し、元気づけて、離れずにずっと王のそばに付き従った。

心を取り戻した王が、一から努力を重ね、すべてを取り戻したあとで、金の子山羊の獣人は寿命を迎えて天に召された。金の子山羊が与えてくれた奇跡に深く感謝した王により、その存在は、復活したこの国——レーンフェルト王国の守り神とされ、牧羊神として崇められる存在になったのだ。

事実に基づくといわれるその言い伝えから、この国では金の子山羊が生んだ山羊族たちを牧羊神の子孫として敬い、中でもごくごくまれに生まれる金色の毛を持つ子山羊を神聖化している。

しかも困ったことに、長い年月の中で伝承が歪んで伝わったのか、周辺国では『金の子山羊の肉を食べると不老不死の体が得られるらしい』『神への供物にすると、類いまれな幸運に恵まれるらしい』といったあり得ない噂がまことしやかに信じられていて、存在を知られれば常に身の危険がある。そのため、狼族の王は金の子山羊の子孫である山羊獣人たちに王家の神域とされる自然豊かな山の奥の土地を与え、感謝の気持ちを込めて、一族ごと保護と支援を与えて守り続けてきた。

そんな歴史から、国王であるラウリーには、代々の国王と同じように、山羊族を守る責務がある。

しかし、彼はその務めを担う前であった王太子の頃からずっと、山の中で偶然出会ったシリルを気に留めて、特別扱いし、十年以上もの間、アルデの村にたびたび足を運び続けてくれているのだった。


最後に大神官がもう一度祈りの言葉を述べ、成年の儀式が終わると、サシャがシリルを迎えに来てくれた。火を灯した燭台を手にした彼のあとについて、再び先ほどの裏通路に入る。今度は少し長く歩いて、元の控えの間とはまた別の部屋に通された。

部屋の中には、突き当たりの壁に暖炉があり、控えめに火が入れられている。その前にはゆったりとした肘付きの長椅子とテーブルがあった。いったん入ってきたのとは別の扉の外に出たサシャが、間もなく、ワゴンに載せた料理を部屋の中に運び入れた。

「すぐにお食事とお茶の用意をしますね」と言い、窓のそばにある食事用のテーブルの上に、まだ湯気の立つ料理を盛った皿を並べてくれる。

ふわっと食欲をそそる匂いが漂うのに頬を緩め、シリルは礼を言った。朝食をとったあと村を出てきたが、もう昼はとっくに過ぎている時間なのでありがたい。

皿を並べ終えたサシャの説明を聞くと、奥の衝立《ついたて》の向こう側には、休憩用なのか小さめのベッドも据えられていて、続き部屋には浴室もあるという。どうやらここは王宮内の客間らしい。

「それから、このワゴンのものは国王陛下からです」

テーブルのそばに寄せられたワゴンの二段目と三段目には、茶のセットとガラスのカバーに覆われたパイらしきもの、そしてその下の段には何冊もの本が積まれている。サシャが暖炉に小ぶりなやかんをかけてくれて、いつでも温かい茶が飲める——まさに、至れり尽くせりの状態だ。

「こちらでお待ちいただけましたら、国王陛下のご用が済み次第、お知らせに上がります。もし何かございましたら、近くの部屋に控えておりますので、いつでもこのベルを鳴らしてくださいませ」

「わかりました。いろいろありがとうございます、サシャ」

丁寧な用意に感謝して礼を言うと、頭を下げてサシャが静かに部屋を出ていく。

一人になると、どこかずっと遠くのほうから美しい旋律がかすかに聞こえてくることに気づく。どうやら、祝いの場で楽団が音楽を奏でているらしい。神殿にいたラウリーと参列者たちもすでに移動しただろうし、もうじき大広間では盛大な祝賀の宴が始まる頃だ。

宴が始まれば、乾杯の声で皆が果実酒を飲み干し、玉座に座ったラウリーの前には、祝いの言葉を告げるためにたくさんの着飾った人々が我先にと並んで列ができるのだろう。

見たこともなく、これからも参加できることのなさそうな煌びやかな宴の様子は、遠い憧れでしかないせいか、思い描くだけでもうっとりした。

（……神殿の祝いの儀式は限られた人たちだけだったから、大広間にはもっとたくさんの人が訪れて、すごくにぎやかなんだろうな……ダンスをしたりもするのかな……ああ、楽しそう……）

もし、村長から参加を許されたところで、万が一宴の最中に耳が帽子から出てしまったらどうしようという不安で、きっとシリルは楽しめなかっただろうけれど。

宴の様子をあれこれと頭の中で想像しながら、シリルは用意された食事を一人で寂しく食べた。さすが王宮の料理人が作った食事は美味で、新鮮な野菜を盛り合わせた彩りの美しいサラダに、蒸し野菜にコクのあるチーズをたっぷりとかけて焼いたものや、木の実を混ぜ込んだ香ばしい焼きたてパンに、様々な野菜が入ったミルク味のシチューなど、どれもほっぺたが落ちそうなほどの味だ。

山羊獣人のシリルは肉や魚を好まない。野菜とパンを主食に、ミルクやチーズを使った料理、それから果物と甘い物が好物なのだ。明らかに自分の好みが反映されたこのメニューはきっと、それをよく知るラウリーが指示してくれたものなのだろう。そう思うと、彼の気持ちが嬉しくて、一人でとる食事の寂しさも気にならなくなった。

漏れ聞こえてくる音楽を聴きながら食事を終え、やかんの湯を使って茶を淹れる。

食べ終えると、ワゴンの下部の棚に用意してくれた中から物語の本を一冊選び出し、暖炉の前の肘掛け椅子に腰を下ろして、どきどきしながら読み始める。

シリルは本を読むのが大好きだけれど、書物はかなり高価なものなので、街に下りる村人なら書店に行けるとはいえ、金貨を持たない自分が安易に頼むわけにはいかない。

だからか、シリルの読書好きを知っているラウリーが訪れるときの土産には、何冊か書物が入れられていることがよくあった。彼は不思議なくらい好みの本を選んでくれるので、シリルはいつもそれを楽しみにしていて、次に会うまでに必ず読んで、礼と感想を伝えている。

今日読み始めたこの本は、竜と王子の冒険の話だった。本当は善の魂を持つけれど、恐ろしい姿の怪物として生まれたために、竜はその見た目だけで、誰にも本当の自分を信じてもらえない。人々や仲間から迫害されて、悪の道に落ちそうになったとき、初めてその姿に惑わされず、自分を信じてくれる王子と巡り合う。その後、様々な出来事を経て、意気投合し、互いに唯一無二の親友となった一人と一頭は、共に悪者を倒すための旅に出る——という冒険譚だった。ところどころに美しい挿絵が挟み込まれていて、シリルはのめり込むようにして、そのぶ厚い本に読み耽った。

やや日が傾き始めた頃、サシャが一度様子を見に来てくれた。

「大昼間に出入りする使用人に何度か状況を訊ねてみたのですが、お客様がかなり大勢いらしていて、まだ国王陛下は退席できないようなのです」と彼はすまなそうに言い、窓のカーテンを引いて、部屋中の燭台に火を灯してくれる。何か足りないものはないかと訊ねられ、ふとシリルは思いついた頼みごとがあった。

「あの……今日、僕と一緒に来たリニという山羊族の使用人を、ここに呼んでもらうことはできないでしょうか？」

「申し訳ございません。祝賀の宴が終わるまでは、他の方はどなたもこの部屋にお入れしないようにと命じられておりまして……」

サシャに謝られ、シリルは「でしたら大丈夫です。またあとで会えますので」とすんなり引き下がる。

聞くと、待機のための部屋にいるリニにもすでに食事を運んでもらえているそうでホッとした。ラウリーが来てくれて、話が終わればすぐ会えるのだから、心配はいらないだろう。

申し訳なさそうなサシャが茶を淹れ直し、デザートのパイを切り分けてくれて、シリルは礼を言う。ラウリーの身が空けばすぐに伝えに来ると言い置き、食べ終えた食器を片付けて、彼は部屋を出ていく。

ありがたく熱い茶を飲みながら、シリルは編み模様が入り、綺麗な焼き目のついた林檎のパイを食べた。パイは焼き加減が絶妙で、外側はサクサクしているのに、中の生地と林檎はしっとりとしてほんのりと酒の味が染みている。マーリオもリニも料理上手だが、村で作る菓子は素朴で日持ちする焼き菓子が多い。ラウリーが持ってきてくれる菓子も馬車での移動で崩れないようにと配慮されたクッキーや型入りのケーキがほとんどだ。焼き立てのせいか繊細で上品な味わいが引き立ち、これまで食べた中で一番美味しいパイだと思った。

食べ終えて一息ついてから、また本の続きに取りかかろうとしたとき、ふいに扉の前が騒がしくなったような気がした。

二度のノックの音に顔を上げると、返事をする前に扉が開いて、ひょこっと誰かが顔を出す。その人物を見て、シリルは目を丸くして立ち上がった。

「ウィンザー様!?」

そこには、少年と青年のちょうど間くらいの、まだ少し線の細い綺麗な顔立ちをした若者が立っていた。淡いブラウンの髪から銀色の狼耳をピンと生やした彼は、シリルを見るとにっこりと笑って部屋に入る。

「やあシリル、久しぶり！　扉の前にいた君の警護の奴らがうるさかったからさ、この部屋に入るのはラウリー兄さんに許可を取ってることにしちゃった。あ、もし確認されたら、話を合わせといてね」

後ろ手に扉を閉めながら軽い口調で言い、ウィンザーは器用に片方の目をぱちんと瞑る。『君の警護』というのは、おそらくロドニーとレンスのことだろう。ラウリーから指示がいったのか、どうやら彼らはいま、この部屋の前に来て警護してくれているようだ。

彼はあっけにとられているシリルのところまでつかつかとやってくると、そっと手を取った。

「本日も山羊獣人どのはご機嫌麗しく……儀式のお務め、ご苦労さまでした」

ウィンザーは芝居がかった口調でそう言って身をかがめると、シリルの手の甲に恭しく口付ける。会うのは昨年の国王の誕生日以来だが、この一年の間にまた身長が伸びたらしく、もうほぼ同じ身長になっていて驚く。年下の少年の大人びた行動に思わず微笑みかけ、シリルはハッとして慌てて頭を下げた。

「ウィンザー様もお元気そうで何よりです。あの、お手紙もありがとうございました」

突然入ってこられて驚いたけれど、ウィンザーは顔見知りで、先ほど神殿の儀式の間でも姿を見かけていた。

彼はリオネルたち双子と同じく前王の正妃——現王太后が生んだ第二王子だ。いまは確か十二歳で、前王の長男で王太子だったラウリーが王位についたあと、第二王子から王位継承順が繰り上がり、現在は彼が王太子の座についている。つまり、王家にいる四兄弟たちの中では、ウィンザーは双子の兄であり、同時にラウリーとは異母兄弟の間柄でもあるというわけだ。

自ら村に足を運んでくれるラウリーや、時々彼についてくる双子たちとは異なり、ウィンザーと会える機会は滅多にない。年に一度、シリルがこうして王宮にやってきたときに顔を合わせるのみだけれど、双子たちと同様に、なぜかウィンザーもシリルにやたらと興味を抱き、気にかけてくれているのがわかる。

なぜなら、シリルが王宮に来ると必ず一度はわざわざこうして顔を見せに来てくれるし、時折気まぐれに、美しい便せんに近況を書いて村に手紙を寄越したりもしてくれるのだ。もちろん、シリルも返事を送っているが、正直あまり変化のない暮らしなので、話題といっても、季節ごとの森の木々の様子や、村で飼っているヤギたちのこと、家の前に遊びに来る鳥たちの話くらいしかないのが心苦しかった。

今日の国王の誕生日の儀式や宴のためだろう、彼は薄く青みがかった正装に濃紺のマントを纏い、腰ベルトには立派な剣を下げている。

シリルの向かい側の肘付き椅子にどさりと腰を下ろすと、ウィンザーはやれやれといったようにため息を吐く。

「あーもう、ここしばらくは本当に憂鬱だったんだよ、兄さんの誕生祝いとして、各国の王や国内の貴族たちから豪華な贈り物がどんどん届くたび、使用人から話を聞きつけた母上の機嫌がめちゃくちゃ悪くなってさ」

「そうなのですか？」

再び腰を下ろしながらシリルが訊くと、彼は哀れっぽい口調で続けた。

「うん。兄さんが王位を継いでも、未だに僕が王になるべきだと言い張ってるし、本当に困るよ。僕もしばらくアルデの村に逃亡したいな。もし行ったら、シリルの家にかくまってくれる？」

冗談交じりの口調で言われて、思わず微笑む。

「何もないところですけど、事前に村長から許可を得ていただけるなら構いませんが……、でも、ウィンザー様が行方不明となれば、きっと国中で大問題になって、軍が一師団派遣されたり、ラドバウト山中を捜索する事態に発展してしまうのでは？」

「だよねえ……僕もリオネルたちと一緒にアルデの村に遊びに行きたいって言っただけでも、母上は大反対するくらいだし……」と、ウィンザーは呆れ顔でまた深々とため息を吐いている。

どうやら彼が弟たちと一緒に来なかったのは、王太后に阻止されていたかららしい。

ラウリーは何も言わないが、王太后は夫である前王が亡くなり、義理の息子の彼が王位についたいまも、ラウリーに猛烈な敵愾心を持ったままらしいというのは、以前、村人を通じてリニから聞いた街の噂で耳にしたことがあった。だが、息子のウィンザーは、義兄であるラウリーとも普通に剣の稽古などもしているし、たまに食事を一緒にとったりもして兄弟としてちゃんと交流しているようだ。

可哀想なことに彼は、兄と、第二夫人から生まれた兄に過剰な対抗心を抱く母親との間で、少々板挟みになっているのだろう。

いつでも王位を望めるようにと、次男でありながら、ウィンザーはいまも何人もの教師をつけられ、帝王学まで学ばされているという話は、村でひっそりと暮らすシリルの耳にまで届いている。

「あー、しばらくどこかに雲隠れしたいな。うるさいこと言う人が誰もいないとこに」

彼がこんなふうにだらけたり愚痴を漏らしたりするのは珍しく、シリルは思わず目を瞬かせた。椅子の背にだるそうにもたれかかり、投げやりな口調でぼやくウィンザーは、他の人々の前ではいつも、きりりとして品行方正な、絵に描いたような王子の姿を保っているのだから。

(ウィンザー様は、まだ十二歳なのに……)

そう思うと、彼が不憫になってくる。わざわざ、たまにしか顔を会わせないシリルのところにやってきて漏らすくらいなのだから、きっとそれは、他の人には言えない、彼の心の底からの本音なのではないか。

まだ少年らしさが残る少し甘めな美貌も相俟って、ウィンザーも民からの人気は高い。しかし、彼は実直な性格の兄のラウリーに比べるとやや遊び好きなたちのようで、つい最近社交界に出たばかりだというのに、舞踏会やお茶会があるたびに忙しい合間を縫って顔を出し、すでに年上の貴婦人たちに可愛がられているなどという噂も聞いた。

子供の頃からたびたび足を運んで、山での暮らしをそれなりに知っているラウリーならば、おそらく村でも暮らせるだろう。だが、王宮の華やかで便利な暮らしに慣れ切ったウィンザーが、山深く自然に囲まれた静かなアルデの村の暮らしを楽しめるかは甚だ疑問だ。

「いつでも遊びにいらしてください。でも、もしアルデの村にいらしたら、あまりにのどかすぎて、ウィンザー様はすぐに王宮が恋しくなってしまわれると思いますよ」

シリルが慰めるような気持ちでそう言うと、ふいにウィンザーが、椅子の肘置きに手を突いてこちらに身を乗り出してきた。彼は上目遣いに、じっとシリルの目を覗き込んでくる――彼の目の色はラウリーと同じだが、わずかに淡い。一瞬目を奪われるほど美しく、鮮やかな琥珀色の瞳だ。

「そんなことないよ。シリルと一緒に過ごせるなら、一か月でも、一年でも村にいる。なんなら、死ぬまでずっとあの村で暮らしたっていいんだよ？　もし僕が兄さんよりほんのちょっとでも先に生まれていたら、シリルと先に出会って、婚約を申し込んだのは……僕だったかもしれないし」

真剣な眼差しでウィンザーが囁く。動揺にシリルは目を瞠った。

まだ公にはされていないが、確かに、ラウリーはまだ王太子の頃にシリルに求婚し、ごく内々のことだが将来を約束してくれている。ラウリーは弟たちを殊の外可愛がっているので、どうやらシリルとのこともウィンザーには伝えたようだ。だが、二人の婚約を、彼がまさかそんなふうに考えていたとは知らなかった。

「ウ、ウィンザー様、あの……」

「いまからでも遅くはない。兄さんとの婚約の事実を知ってる者はほとんどいないんだし、もし、シリルが『ウィンザーと婚約する』って言ってくれさえすれば、僕はシリルに生涯を捧げるつもりがあるよ」

ぐっとこちらに整った顔を近づけ、ウィンザーがどこか切なそうに訴えてくる。手紙のやりとりはあるものの、これまで、数え切れないほど会いに来てくれたラウリーとは異なり、ウィンザーとは年に一度しか顔を合わせていない。それが母から村に行くことを反対されているからだとしたら可哀想だが、そもそも、それぞれが血統を大切にしている山羊族の者と狼族の者との結婚は、あまり好まれるものではないのだ——山羊獣人側が〝きんいろ〟ではない限り。

なぜなら、狼族の王と初代金の子山羊がつがうと、最初に生まれた子供はすべて狼獣人となった。その後は山羊獣人の子にも恵まれ、その子の血を引いてのちの時代に生まれたのが二代目の金の子山羊だ。そして二代目もまた、当時の王に娶られたが、産んだ子供は狼獣人ばかりだったそうだ。

だが、狼獣人が金色ではない山羊獣人を娶ると、なぜかその子供には山羊獣人ばかりが生まれてしまうのだ。

どちらの種族も、獣人であれば自分と同じ種族の子が欲しいに決まっている。だから、普通の山羊獣人を娶りたがるのは人間か血の薄い狼獣人がほとんどだ。たとえ本人同士が心から愛し合っていたとしても、〝きんいろ〟ではない山羊獣人と身分の高い狼獣人の婚姻は、周囲からは受け入れられず、反対されがちなので、結婚が成立することは少ないのだった。

そのため〝きんいろ〟であることを一族の者以外には隠しているシリルは、王太后の強い反対を受け、まだ正式にラウリーの婚約者として認められてはいいない。

この状況を考えると、ウィンザーの気持ちがたとえ本物だったとしても、彼を王位につけることをまだ諦めていないらしい王太后が、白の山羊獣人との婚約などどう考えても許すはずはなかった。

「シリル……僕のこと、嫌い？」

冗談なのかと思いきや、問いかけてくる彼の表情は真剣そのものだ。ウィンザーは容姿端麗な王太后にそっくりな顔立ちをしているから、成長すればきっと、多くの貴婦人たちの心を奪う色男になることだろう。

シリルより四歳も年下の少年のはずなのに、彼がその唇から紡ぎ出す言葉は、すでに情熱的な恋を知り尽くした大人の男のようで、熱心に迫られるとどう対応していいか戸惑ってしまう。

だが、どんなにねだられようとも、シリルの心はもうすでに、ずっと前から決まっているのだ。

「申し訳ありません、ウィンザー様。僕は——」

シリルが正直な気持ちを伝えようとしたとき、ノックの音がした。

サシャだろうかと目を向けると、扉を開けて入ってきたのは、なんとラウリーその人だった。

「ラウリー様！」

「兄さん」

「……ウィンザー？　どうしてここにいるんだ？」

彼は弟がシリルのすぐそばに座っているのを見て、面食らったように目を丸くした。宴が終われば、サシャが知らせに来て、ラウリーのいるところまで案内してくれるのだろうと思っていたシリルは、彼自らがここにやってきたことに驚く。

「あーあ、せっかく二人きりになれたからシリルを口説いてたのに、もう時間切れだ」

ウィンザーはパッと先ほどまでの切実な表情を消して、悔しげに言ってから、すっくと立ち上がると明るく笑う。

「もし兄さんに飽きたら、いつでも僕に乗り換えてよ。シリルなら大歓迎だから」

先ほどの真剣さとは一転して軽い感じで言うと、ウィンザーはさっさと扉のほうに向かう。通りすぎざまに、まだ自分よりも頭ひとつ分近く背の高い兄を見上げて、ムッとした顔で唇を尖らせた。

「そんなに怖い顔しないでよ。ちょっと口説いてただけだろ！　兄さんが招待客にかまけて長い時間シリルを放っておいたみたいだから、その間にあわよくばと思っただけだよ」

「あわよくば、は余計だろう」

ラウリーは苦笑して、弟の背中をぽんと軽く叩いた。

「……王太后どのが捜していたぞ。早く大広間に戻ってやれ」

「なんだよ、僕じゃ相手にもならないってこと？　子狼と思って舐めてたら、あとで痛い目見るんだからな！」

イーッと歯を剥き出しにして、ウィンザーが珍しく子供じみた行動に出るのを見て、シリルはあっけにとられた。

自分の前では大人ぶっていたウィンザーがこんな態度をとるということは、本当に彼らは仲がいいのだろう。ラウリーは口の端を上げると、無言のまま弟の髪をくしゃくしゃと撫で「ああそうだな、もうあと五年ほど経ったら相手になろう」と言って、彼のために扉を開けてやる。こちらを振り返り、少し拗ねたような顔でウィンザーが言った。

「じゃあシリル、またね」

「は、はい」

ウィンザーが部屋の外に出ると、ラウリーも扉の外に顔を出した。

「すまないが、どちらか、大広間の王太后のところまでウィンザーを送っていってくれ」

そこに控えていたロドニーたちに声をかけてそう頼んでから、彼は扉を閉める。

すぐにラウリーは、まだ少しぽかんとしているシリルのところまで戻ってきた。

「ずいぶんと遅くなってすまなかった。待ちくたびれただろう？　……ウィンザーは、何か君に失礼なことをしなかったか？」

「い、いえ、大丈夫です。ついさっきいらしたばかりで……たぶん、大広間から出て、暇つぶしがてら、僕の相手をしに来てくれたのだと思います」

「たぶん、単純に君の顔が見たかったんだろうな。まあ……俺も同じだから、何も言えないが」

「そんな」

冗談かと思ってシリルが笑顔になると、ラウリーは真顔で言った。

「本当だよ。どうしてか、君にはただ会うだけでもとても癒やされるんだ。ウィンザーも、リオネルとルイサも、きっと無意識のうちにそう感じているから、あんなに君に懐いているんだろう」

冗談ではなさそうな口調でそう言われて、頬がじんわりと熱くなる。山奥育ちだからのんびりしたところがあるとは思うけれど、まさかそれをそんなふうに言ってもらえるとは思わなかった。

彼の言葉を聞いて、ふと、先ほどウィンザーが漏らした話がちらりと頭を掠めた。

「あの……もしかすると……ウィンザー様は、いま、少しばかり王宮の暮らしに息が詰まっていらっしゃるのかもしれません」

彼が村に来たがっていたことは伏せ、言葉を選びながらそう伝えると、ラウリーは敏《さと》くシリルが言外に含んだ意味に気づいたらしい。「ああ」と言ってから、困ったように頷いた。

「何かあるとしたら、おそらく王太后陛下に関わることだろうな。なるべくウィンザーが追い詰められないようにと思ってはいるんだが、こちらが何か行動に出ると、逆効果なこともあるからな……」

よく気にかけておく、と言われてホッとする。先ほどの様子だと、ウィンザーは彼に素を見せられるくらい仲がいいようだから、ラウリーがこう言ってくれれば、きっと大丈夫だろうと思った。

彼はふと室内を見回しながら訊ねた。

「寒くはないな……腹は減っていないか？」

シリルはふるふると首を横に振り、「お腹いっぱいです」と答える。

「あの、美味しいお食事をごちそうさまでした。最後にいただいた林檎のパイもまだ温かくて、いままで食べたことがないくらい美味しかったです。それと、さっきまで用意してくださった本を読んでいたのですが、とても面白くて熱中していたので、少しも退屈せずに済みました」

シリルがテーブルの上に置いていた本を手に取って言うと、そうか、とラウリーは嬉しげに目を細めた。

「君のために選んだ本だから、気に入ってもらえてよかった」

それから、彼は小さく息を吐いた。

「いつもは招待客からの挨拶ももう少し早く終わるんだが、今年は区切りの年だからか、例年より人数が多くて逆に長引いてしまったんだ。祝いの宴には、最初だけリオネルたちも参加していたんだが、ちびたちはもう何度も『シリルはどこにいるの』『シリルと遊びたい』と俺のところに使用人を来させていたよ。だが、俺の都合で待たせている上に、まさか君にあいつらのお守りまでさせるわけにはいかないからな。なんとか宥めて今日は部屋に帰らせたから、もしよかったら、明日の朝食のあとにでも少し遊んでやってくれるとありがたい」

（明日の朝食のあと、って……？）

謎の言葉に思わず目を瞬かせ、シリルは訊ねた。

「あの……もちろん、リオネル様たちと遊ぶのは大歓迎なのですが、申し訳ありません、ラウリー様のご用が終わりましたら、僕はすぐ村に戻らなくてはならなくて……」

「いや、今日はもうすっかり日が暮れているし、街中《まちなか》ならばともかく、これから山に帰るのは危険だ。村長のことなら心配はいらない。最初に伝言に向かわせた使者に、念のため『遅くなるようなら、シリルは王宮で一晩預かる』と伝えさせて、了承も得ておいたから」

もう滞在用の部屋の用意もさせていると言われて、シリルは予想外のことに戸惑った。ラウリーがこう言うのだから、きっと本当に村長に話は通して、ちゃんと納得してもらえているのだと思う。

ふと壁際の棚の上に置かれた時計を見てみれば、この部屋に通されてから、もう四時間以上も経っていることを知ってぎょっとした。すっかり本の世界に入り込んでいたから時間の経過に気づかなかったようだ。確かに、いまからでも帰れないことはないけれど、もうカーテンの外は真っ暗だろうし、夜に山道を帰るのは危険が伴う。馬車に乗っているだけのシリルたちはともかく、暗闇の中を走らせる御者が大変だ。部屋を用意してもらえるというなら、素直に申し出に従い、泊まっていくのが皆にとって最善の判断だろう。

ラウリーによると、これから別の部屋で待っているリニのほうに使いの者を行かせて事情を説明し、彼にも客間を用意してくれるらしい。部屋の前にいたロドニーたちにも、彼がこの部屋に入ってくる前に今夜シリルは王宮に泊まることを説明し、もう今日は休んで構わないと伝えたそうだ。

シリルが王宮に泊まるのはこれが初めてだ。というよりも、生まれてこの方、ときどき山を散歩するか、ごく稀にこうして王宮を訪れる以外、ずっと村から出ずに暮らしてきたため、そもそも村の外で一晩過ごすこと自体が初めての経験だった。予想もしなかった事態に、シリルはかすかな緊張を感じた。

無意識のうちに、持っていた本を胸元に抱きかかえると、ふと気づいたように、ラウリーがその本に挟んだしおりの場所に目を落とした。

「もしかして、あともう少しで読み終えるところか？」

「え……っ、あ、そうなんです、いま、ちょうど最後に竜と王子様が旅に出る前、友の誓いを交わすところで……」

「それでは先が気になるだろう。ならば待っているから、俺のことは気にせず、座って最後まで読んでくれ」

「いえ、そんな……」

待たせるわけにはいかないと言おうとしたけれど、彼はさっさと暖炉のそばまで行くと、火かき棒で薪の間に空気を入れ、少し火を大きくする。シリルはおずおずと椅子に座り直したが、本の続きを目で追おうとしても、そばにいるラウリーのことが気になってちっとも頭に入らない。

「あの……もしよかったら、この本をお借りしていってもよいでしょうか？」

この場で続きを読み終えることは諦め、躊躇いながらシリルが訊ねると、ラウリーはあっさりと答えた。

「返す必要はないよ。ここに用意した本はすべて君のために用意したものだから、気に入れば他の本も皆持って帰ってくれ」

「こ、こんなに……？　ありがとうございます、ラウリー様」
一、二冊ならともかく、まさかこれがすべて自分のために用意された贈り物だったとは思わず、シリルは顔を輝かせた。

他にも気になる本はあったけれど、短時間では読み切れないだろうと悩んだ末に一冊だけ選び出したので、嬉しさもひとしおだ。

だが、本は高価なものなので、分厚い本が十冊近くもあるのを見ると、いったいいくらぐらいしたのだろうと一瞬不安が頭をよぎる。すると、値段を訊かれないよう先手を打つみたいに、彼が口を開いた。

「商人を呼んで、いま街で人気の本をいろいろ持ってこさせてその中から俺が選んだから、喜んでもらえればそれが何よりの礼だ。それにしても、君は本当に本が好きなんだな。王宮の書庫にはこういった物語の本も含めて、一生かけても読み切れないほどたくさんの本が並んでいるから、時間があるならゆっくり案内してやりたいところだ」

読み切れないほどの本、という夢のような言葉を聞いて、シリルは思わずうっとりした。村の聖殿にも書物の本棚はあるのだが、そこにあるのは山羊族とアルデの村、そしてラドバウト山の歴史についての本がほとんどで、勉強にはなるものの、もうすっかりどの本も読み尽くしてしまった。

ふいに、ラウリーがこちらに顔を近づけてきた。帽子越しに、獣耳がある辺りにそっと口付けられ、驚きで肩がびくっと震えた。だが、ラウリーはシリルが帽子を取ることや、山羊耳を見られることを強く恐れているとよく知っているので、無理に帽子を脱がそうとしたことはこれまで一度もない。

「……結婚後は、君もここに住むのだから、いつだって書庫に入れる。毎日でも入り浸って好きなだけ読めばいい」

優しく囁かれて、シリルは「は、はい」とぎくしゃくと答える。ふと見えた彼の手首には、今日シリルが贈ったあの腕輪が見える。嬉しさで心臓の鼓動が大きく跳ねるのを感じた。

――五歳のあの日。シリルは、まだ少年だったラウリーに森の中で初めて出会ったあと、翌月に村を訪れた彼と再会した。そして、たびたび会いに来てくれる彼とシリルは気が合い、いつしかこれ以上ないほど仲のいい友達になっていった。

そして、六年前、シリルが十歳、ラウリーが十四歳になった頃、彼は、父である国王を通じて、正式にシリルとの婚約を望む旨を村長に申し入れてきた。

六年後、自分が成年の儀式を終えたら、シリルを正妃として自分の妻に迎えたい、と。

それまでも、何度かラウリーは二人きりのときに『大人になったらシリルと結婚したい』と言ってくれていた。シリルは彼に淡い想いを抱いていたから、そのたびにたまらなく嬉しい気持ちになったが、まさか本当に求婚してくれるとは思わず驚いた。だからか、未だにその言葉をふわふわとした夢物語のようなものとしか捉えられず、それが現実となる未来を信じられずにいた。

なぜなら、本来であれば、金の子山羊であるシリルは、その事実を明かせば、国王となるラウリーとの結婚が運命づけられている身だ。

しかし、〝きんいろ〟であるという事実を明かすことは、シリル自身の身だけでなく、村全体の安全を脅かす行為と言われ、彼にも打ち明けることはできずにいる。

ラウリーは王太子で、当時から先々は王位を継ぐ身だった。当然、結婚したあとは狼獣人の王子を作ることを望まれているはずなのに、結ばれればほぼ確実に山羊獣人しか生まれないはずの、白毛の山羊獣人だと思われているシリルが、狼族の王族たちから結婚を許してもらえるはずがなかったのだ。

幼い頃から明確に好意を示してくれるラウリーの気持ちが嬉しくて、それなのに、本当は彼と結ばれる運命にある〝きんいろ〟なのだという事実を伝えることはできない。

この状況下で、いったいどうやって彼との将来に希望が抱けるというのだろう？

仕方ないとはいえもどかしさは募り、いつかきっとラウリーは自分を諦め、皆に祝福される狼族の令嬢と結婚してしまうのだろうな……とぼんやりと想像して、諦めの気持ちを抱いていたほどだ。

けれどラウリーは、どうやってか時間をかけて父王を説得し、シリルとの婚約の許可を得てきた。さらに、それからも彼の気持ちが揺らぐことはなかった。

『俺の下には弟王子がいるし、それに、実はいま、王妃様がまた身ごもっているそうなんだ。しかも、医師の診立てでは双子かもしれないと。父上には、これだけ下に兄弟がいるなら、将来、俺の子供が狼獣人でなくとも王家の未来には何も問題がないだろうって言って、必死で説得した』と、意気揚々とラウリーは説明した。

シリルを極力人目に晒したがらない村長のテオレルも、前国王の許しを得た上での王太子直々の求婚となれば、断るすべなどあるはずもなかった。

そして、ラウリーは今日の誕生日で、成年を迎えた。

つまり今年は、彼がシリルと結婚したい、と言ったその年なのだ。

ふいにラウリーが、そっとシリルの帽子越しの耳に触れた。

「……結婚したら、やっと君の山羊耳を見られるな」と、どこか嬉しそうに言われる。はい、と頷きながら、シリルの胸は罪悪感でかすかにちくりと痛んだ。

結婚すれば、当然帽子は取ることになる。彼は、他の山羊獣人たちが皆獣耳をあらわにしているのに、シリルだけは常に帽子を被り、自分の前ではぜったいにそれを取らないことを不思議に思っているらしかった。それも当然で、理由を訊かれたこともあったが、これまでは、村長に言われた通り『あまり綺麗な毛色ではないので、お見せできないのです』などと言って、どうにか誤魔化すしかなかった。

気にしないよと言うラウリーは、決して帽子を取れと無理強いすることはなかったけれど、たびたび会いに来てくれる大好きな彼に嘘を吐くのは苦しくて、ずっと胸の中に重たいものを抱えているような気分だった。

――だが、これでやっと、彼に本当のことを打ち明けられる。

本当の毛色をずっと隠していたことを彼がどう思うかだけが不安だったが、リニに相談してみると、彼は『心配いらないと思います』とあっさりと言った。

『国王陛下は、幼少時から足繁く村に通ってくるくらいシリル様に夢中なんですから。村の者全員が、シリル様の身を守るためにときつく口止めされていたという事情を何もかも正直にお話しして、やむを得ない事情だったのだとわかれば、きっと許してくださいますよ』

それに、彼と結婚して王家に嫁げば、シリルは王宮で暮らすことになり、必然的に厳重な警護に守られることになる。おそらく、ラウリーが事情を知ればアルデの村の警護も強化してくれるだろうから、これまで長い間村長が懸念し続けてきた様々な問題も、すべて一気に払拭されるはずだ、と。

リニの説明を聞いて、シリルは暗闇に包まれていた目の前に、唐突に光が射したような気がした。

確かに、昔起きたあまりにも不幸な事件や、これまで秘密にせざるを得なかった経緯を話せば、優しいラウリーなら、きっとわかってくれるだろう。

それに、国王の正妃ともなれば、いくらその身が他国で多額の金貨と引き換えになるといえども、わざわざ王宮に侵入する危険を冒してまでシリルを狙おうとする輩はいなくなるはずだ。

つまり——国王であるラウリーとの結婚は、シリルにとって懸念していた身の危険を消し去ると同時に、長年隠し続けてきた秘密から解放されて、耳を隠す必要もなくなる。

二人の結婚は、シリルにとっても山羊族にとっても、一石二鳥の素晴らしい出来事となるはずだ。

(……この王宮で、ずっとラウリー様と一緒に暮らせる……)

夢のような未来は、まだ信じ難いものだ。思わずぼうっとなって、シリルはラウリーの目をじっと見つめる。すると、彼は一瞬、何か言いたげな表情になった。そういえば、今日ここで待つことになったのは、『話したいことがある』と言われたからだった。いったい何の話だろう……とシリルが胸をざわめかせたとき、彼が立ち上がった。

ラウリーは上に向けた手のひらをスッとシリルに差し出す。

「ここでは落ち着かないだろう？　まずは別棟に用意させた部屋に案内しよう」と言われて、シリルは従順に彼の手を取った。大きな手で手を包み込むようにして握られ、部屋の外へと導かれる。彼はシリルが抱えていた読みかけの本を持ってくれて、「残りの本はあとで纏めて使用人に部屋に運ばせる」と言った。この本を読み終えたあと、今夜は他の本も読めるかもしれないとわくわくした気持ちで考えながら、シリルは彼に手を引かれて歩く。通路に出たところで、ふいに、婚約の事実はまだ公にされていないのに、国王が自分の手を引いているところを誰かに見られたら、と気にかかった。一瞬シリルの手が強張ったのに気づいたのか、こちらを振り返ると、ラウリーが安心させるように言った。

「今夜は使用人たちもほとんどが大広間のほうに詰めているから、人目は気にしなくて構わない」

確かに、ところどころランプに火が灯された王宮の広い通路には人の姿は見当たらなかった。シリルはホッとして、二人は誰にも会うことなく一階に下りる。

手を握ってくれる大きな手は、硬くて温かい。前を進む彼は「段差があるぞ」とか「この先を左だ」とか、注意を促す以外、特に何も言わない。けれど、黙ったまま歩いていても、彼と一緒なら少しも不安に思うことはなかった。

身分差もあり、種族も違うとはいえ、シリルと彼は婚約者なだけでなく、幼馴染み同士の間柄だ。子供の頃は、村を訪れるたび、彼は随従たちを村長の家で待たせて、シリルと山で遊んでくれた。普段、遊び相手のいないシリルは、嬉しさのあまりはしゃぎすぎて、木の根に躓いて転んでしまい、半泣きのシリルを彼がおぶって村まで連れ帰ってくれたこともあったほどだ。

ちょうど彼に出会ったその頃までは、シリルは自由自在に子ヤギの姿になることができていた。だが、あるときからなぜか、唐突に変身する力を失い、しかも、それと同時に、純血の山羊獣人には誰にでも見えるはずの精霊の姿まで見えなくなり、その声もほとんど聞こえなくなってしまった。失った力に、シリルは言葉では言い尽くせないほど大きな衝撃を受けた。

皆、何も問題はないと慰めてくれたが、元々、当たり前のようにできていたことが、突然できなくなるのは思いのほか辛かった。まるで天帝に見捨てられたような気持ちになって、しばらくの間沈み込んでいたが、そんな中、詳しい事情を何も知らずに村を訪れるラウリーとの時間は、大きな救いとなった。

そうして彼はただ、森の中で出会った山羊獣人のシリルを純粋に好きになってくれた——それが、どれほど嬉しかったことか。

その日からシリルは、叶わないかもしれないと半ば諦めながらも、大人になったら村を出て、彼と共に生きられるということを夢見ながら生きてきた。

王位を継いでからは忙しくなり、なかなか時間が取れない中でも、彼は山で暮らすシリルのことを決して忘れずにいてくれる。

村人たちからは牧羊神として崇められ、村の外では〝きんいろ〟であることを隠さなくてはならないという特殊な暮らしの中で、彼はシリルにとってかけがえのない存在となっていた。

ラウリーに手を引かれて王宮内の通路を歩きながら、宴のものらしき喧騒と音楽が、いまも遠くのほうからかすかに響いてくるのに気づく。どうやら祝いの宴はまだ続いているらしい。王への挨拶が終わったあとも、演奏を楽しんだりダンスをしたりと、きっと招かれた客たちが思い思いに楽しんでいるところなのだろう。

ふと不安になって、シリルは「あの、ラウリー様」と呼びかけた。

「どうした？」

足を止めて、すぐにラウリーが振り返る。

「お祝いの宴は、まだ終わっていないのですよね？」

「ああ、騒がしくてすまないな。王侯貴族は宵っ張りなんだ。おそらく、日付が変わる頃まで演奏はやまないと思うが、もしうるさいようなら、音を控えめにするよう伝えさせるが」

びっくりするような申し出に、慌ててシリルはぶるぶると首を横に振る。あまりに激しく振りすぎて、脱げてしまわないようとっさに片方の手で帽子を押さえながら、急いで口を開いた。

「い、いえ、大丈夫です！　うるさいと思ったわけではなくて、その……今日はラウリー様のお祝いの日なのですから、もしまだ皆さんが残っているのなら、戻られたほうがいいのではと思っただけなのです」

僕はお部屋に案内してもらえれば大丈夫ですので、とシリルが言うと、今度はラウリーのほうが驚いたような顔になる。頭の上に生えた獣耳を片方かすかに伏せ、彼は苦笑した。

「『こんなに待たせるな、もっと早く来てくれ』とせがまれるならともかく、まさか宴に戻れと言われるとは思わなかったな。……シリルは、俺に戻ってほしいのか？」

突然訊ねられて、シリルは戸惑った。

「いえ、そういうわけでは……」と言いかけて口籠もり、なんと言っていいのかわからずに黙り込む。

もちろん、自分はラウリーがそばにいてくれるほうが嬉しいに決まっている。けれど、たくさんの人々がわざわざ彼の誕生日を祝うために集まっているのなら、国王である彼を独り占めしてはいけないような気がしたのだ。

すると、ラウリーが小さく笑って、シリルの肩にそっと触れた。

「追い返したいわけではなくて、気遣ってくれたのか。だったら、俺が君と一緒にいたいんだから構わない……それこそが、俺の今日一番の願いだ」

(ラウリー様……)

当然のように言われて、シリルはまるで、心臓をぎゅっと鷲掴みにされたみたいな気持ちになった。

「それに、もうじゅうぶんに客たちとの時間は取ったから、むしろ俺がいないほうが自由に楽しめるだろう。だから、何も気にしなくて大丈夫だよ」と、安心させるように付け加えられ、はい、とぎこちなく微笑んでシリルは頷く。小さく口の端を上げてシリルの手を握り直すと、彼は再び足を進め始めた。

王宮の裏出口から外に出て、緑の溢れる丹精された庭園の間を貫く屋根付きの通路を進む。防犯のためだろう、途中には水を湛えた幅の広くて深い堀があった。その上にかかっている橋を渡った先は、石造りの階段になっている。ラウリーに手を引かれて階段を上り切ると、葉を茂らせた立派な木々に隠れるようにして、瀟洒な造りの建物がひっそりと立っていた。

「こっちだ」と言うラウリーに手を引かれ、両脇にランプの火が灯された入り口扉を入り、二階へと案内される。

王宮の裏手に立つ二階建てのその別棟は、煌びやかで広大な王宮の本棟に比べればこぢんまりとしていて、贅を尽くしたものでありながら、内装も落ち着きを感じさせるものだ。二階には何部屋か客間があり、浴室も二か所あると、それぞれの扉を指さしながら彼が説明してくれる。

「ここが俺の私室で、その他はほとんど使っていない部屋なんだ。よかったら一番広い奥の客間を使ってくれ。下の階には食堂に居間、それから書斎がある。この別棟は、王太子の頃に父から譲り受けたものなんだ」

「ラウリー様の……？」

「ああ。本棟のほうが便利ではあるんだが、考えごとをするときや一人になりたいときはこちらで過ごすことにしているんだ。俺も今夜はここに泊まるし、食事もこちらに運ばせる。別棟のほうが静かだから、君もきっとゆっくりできるだろう」

まさか用意された部屋が、彼の私邸のような建物の中だとは知らず、シリルは驚く。てっきり、王宮に数多くある客間の一室に通されるのだとばかり思っていた。

一晩彼のそばにいられるのは嬉しいけれど、用意してくれたところがこんなにラウリーの私室に近い客間だなんて。食事のあとは読書をするつもりでいたが、それならばもう少し話をする時間を取ってもらえるかもしれない。その場で跳びはねてしまいたいくらいの歓喜が湧いて、自然と頬が緩む。それと同時に、これまで泊まることなく村をあとにしていた彼ともっと長い時間を過ごせることに、かすかな緊張も感じた。

別に同じ部屋に泊まるというわけでもないのに、こんなに舞い上がってどきどきするなんてと、自分が恥ずかしく思えた。

どぎまぎしながらシリルが心の中でそんなことを考えていると、ふいにラウリーがじっとこちらを見つめてきた。

「……待つ間も、ずっと帽子を被ったままでいたのか？」

「はい。このほうが安心するので……」

そうか、と返した彼が手を伸ばしてきて、そっと帽子越しにシリルの頭を撫でる。親密な仕草が嬉しくて、されるがままになっていると、彼が口を開いた。

「ここには俺しかいないから……もしよかったら、帽子を脱がせてもいいか？」

予想外のことを訊ねられて、シリルは動揺した。とっさに彼から守るように帽子をぎゅっと両手で押さえ、慌てて口を開く。

「あの、あの……ご、ごめんなさい、駄目なのです……！」

「駄目？　そうか、わかった」

うまく誤魔化せず、突き放すように拒んでしまった自分にうろたえる。すまない、と言って紳士的にあっさりと手を引いてくれたラウリーが、苦笑しつつもどこか寂しそうに思えて、シリルは急いで付け加えた。

「山羊耳をお見せするのは……、け、結婚してからで……」

そう言うと、彼が目を丸くする。

（変なこと言っちゃった……!?）

実際、結婚すればもう毛色を隠す必要もなく、山羊耳を見せることができる。けれど、帽子を脱がせていいか訊かれただけなのに、結婚まで駄目だなんて、もったいぶり過ぎではないだろうか。

いっとき血の気が引いた顔に、今度はかああっと血が上って真っ赤になるのを感じる。

「……結婚してから、か。ならば、もうすぐだな」

おろおろしているシリルとは裏腹に、彼はやけに嬉しそうに呟く。ラウリーはシリルの帽子には触れず、両頬を大きな手で包み込んでくる。長身をかがめて、そっと額に口付けをしてきた。

温かい吐息が額にかかり、柔らかい感触がして、シリルはうっとりと目を閉じる。

顔を離すと、彼は今度はシリルの両手を掬い取って、ふたつの小さな手の甲それぞれに大切そうに唇を触れさせる。それから、そっと胸元に抱き寄せた。

彼に触れられて、こうしてその高い体温をわずかにでも感じると、シリルは足元からぐずぐずに蕩けてしまいそうになった。

シリルは、人に触れられることに慣れていない。

村人たちとは、触れ合うどころか世間話すらもいい顔をされず、村長からは『牧羊神としての自覚を持つように』と言われ、距離を置いて暮らすように厳命されてきた。そのため、幼い頃から、時々会える病床の母と、乳母のマーリオ、それから世話係のリニ以外の者に触れられたことがほとんどなかった。

しかも、金の子山羊としての神性を保つための古くからのしきたりとして、記憶にある限り幼い頃から、誰かと食事を共にすることを禁じられ、いつも一人きりで食事をしてきた。

しかし、その厳格な定めをあっさりと飛び越えてきたのが、村を訪れるようになった王太子のラウリーだった。

彼は訪れるたび、毎回、シリルを聖殿に呼び、使用人や随従たちを遠ざけて一緒に茶を飲んだり食事をとったりしようとした。幼いながらもシリルは、食事を共にすることは禁じられていると伝えたのだが『君が嫌ならやめるけど、でも、いつも一人で食事をするなんて寂しいだろう？』と言い、ごく普通のことのように、王宮から持参させた料理や菓子を並べさせて、シリルと共に食べていった。村長も彼のその行動には気づいていたはずだが、小さな村は万が一にも王家からの支援がなくなれば立ちゆかなくなる。子供とはいえ、さすがに王太子に文句は言えなかったようで、ラウリーとの食事だけは黙認されるようになった。その後、奥の祈りの間で二人で密かに祈りを捧げ、彼が王宮に帰るまで小一時間ほど森に出るのが子供の頃の習慣になった。

その行動が、孤独に暮らす幼いシリルの心をどれだけ救ってくれたか、彼は知っていたのだろうか？

誰にも打ち明けたことはなかったが、シリルはずっと、寂しくて仕方がなかった。

両親に挟まれて幸せそうな同じ年頃の山羊族の子供や、母ヤギに甘えて纏わりつく子ヤギたちの姿を見るたび、物心つく前に父は亡く、母はずっと病床にいて、他の人々とも距離を置いて暮らせと命じられる自分の境遇をうまく受け止め切れずにいた。

だから、そんな日々の中で突然目の前に現れ、どんなしきたりにも構わずに、どんどんシリルのほうへ踏み込んでくるラウリーの存在を、ひたすら心のよりどころにして生きてきたのだ。

会うたび大喜びで懐いてくれる彼の小さな双子の弟たちはたまらなく可愛いし、必死で大人ぶりたがるウィンザーも微笑ましい。

王家の兄弟たちは皆好きだが、中でもラウリーは、シリルにとって日々に光を与えてくれた特別な人だ。

ゆっくりとラウリーが腕の力を抜く。様々な思いを込めてシリルがじっと見上げると、彼もまたシリルのことをまっすぐな視線で射貫いてくる。深い琥珀色がかった目で見つめられると、どこか、腹の奥がぞわぞわして、顔がいっそう熱くなり、居ても立ってもいられないような気持ちになった。

彼がそっとシリルの手を掬い取る。ラウリーに触れられるのはちっとも嫌ではない。

それどころか、むしろ――。

握ったままの手を少し強めにぎゅっとされて、なんとも言えないような甘い痺れを感じる。

無意識にシリルが肩を竦め、帽子の中の獣耳を無意識のうちにぴくぴくさせていると「ああ、くすぐったかったか？　すまないな」とラウリーが苦笑する。

くすぐったい気持ちになっただけで、とても嬉しかったのだが、うまく伝えられないうちに、彼は手を引いてしまった。

そのとき、ぱたぱたと小さな足音がして目を向けると、一階から使用人のサシャが上がってくるところが見えた。

王宮では、ラウリーとシリルの関係を知る者はごくわずかだ。そのため、多くの使用人がいるものの、シリルが王宮に来たときに案内をしたり世話をしてくれるのは、ほとんどの場合、このサシャだ。

「陛下、シリル様。夕食の支度がもうじきできるようです。湯浴みの用意もすぐにできますが、どちらを先になさいますか？」

「どうする？」とラウリーに訊ねられて、まだそれほど空腹ではなかったので、先に湯浴みをさせてもらうことにした。

サシャが手伝いを申し出てくれたが、いつも一人で入っているので大丈夫だと断り、ラウリーといったん別れて浴室に案内される。

広々とした二階の浴室は、大理石造りの浴槽に金色のオオカミ像の口から湯が吐き出される立派なもので、贅沢にもたっぷりの湯が満たされていた。村のシリルの館にある風呂は広いが古びた木造りなので、この浴室は豪華すぎて少々落ち着かない。体を洗ったあとおそるおそる浸かった浴槽は、狼族の体格に合わせたものなのか、シリルには大きすぎて溺れてしまいそうなほどだ。早々に湯から上がると、続きの間には新しい寝間着とガウンが用意されていて、シリルはありがたくそれに着替え、帽子だけはまた忘れずにしっかりと被る。国王であるラウリーの豪奢な暮らしを今更ながら垣間見た気がして、村で暮らす自分との格差にくらくらと眩暈がしそうだった。

浴室を出ると、二階には誰もいないようだった。

そろそろと一階に下りたシリルは、居間の長椅子に腰かけたラウリーが、何か紙の束を読んでいるのを見つける。シリルが彼に温かい風呂や寝間着の礼を言っていると、ちょうどサシャが、居間の続き部屋となっている食堂にいい匂いのする夕食の載ったトレーを運んできた。

一通り給仕をしてからサシャが下がっていき、別棟の食堂にはラウリーとシリルの二人だけになった。仮にも王の前で寝間着姿で席についていいものか迷ったが、ラウリーに「そんなことは気にしなくて構わないよ」と言われて、ホッとして促された椅子に腰を下ろす。

王宮の料理人が腕を振るってくれたらしく、運ばれてきた夕食は、一人で食べた昼食よりもさらに豪華な皿がずらりと並んだ。

火が灯された燭台の載った明るいテーブルは六人がけで、王宮にあるにはかなり小ぶりなものだ。だが、そのおかげでシリルは向かいに座ったラウリーと近い距離で食事ができて嬉しかった。

そのテーブルの上には、飾り切りをした新鮮な野菜の盛り合わせに、歯ごたえのいい根菜をほどよい大きさに切り、濃いめの味付けにして生地に詰めた包み揚げや、じゃがいもを細く切ったものを纏めてハーブで味付けし、とろとろのチーズをかけた料理など、たくさんの皿が並んでいる。

「料理は口に合うか？」

訊ねられて、頬を膨らませもぐもぐしていたシリルは「はい、とても」とこくこくと頷く。

シリルが食べるものは、マーリオが引退してからはリニが作ってくれるが、村ではあまり凝った料理を作る習慣がない。素材を煮たり焼いたりする程度で、味付けもあまりしないほど簡素な食事が多い。

反対に王宮では、いったい何人の料理人がいて、どのくらい時間をかけて作ったのだろうと心配になるくらい手の込んだ料理ばかりだ。シリルに料理を取り分けてくれつつ、ラウリーも時折それらを食べながらワインを飲んでいる。

同じ食事をとるという行為でも、人と食べるのとたった一人で食べるのとでは、味も楽しさもまったく違う。彼と食事をするのは、シリルにとって至福のときだった。

（あれ……ラウリー様、どうしたのかな……）

時間が経つうち、ふとシリルは、今夜の彼がいつもとはどこか様子が違っていることに気づいた。笑みを浮かべているけれど、少々口数が少なく、時々何かを考え込むような表情になる。しかも、普段に比べると食が進まないようで、それが一番気になった。今日の行事を考えれば、疲れていても当然だろう。

しかし、おずおずと訊ねてみると、食が進まないのは、どうやら祝賀の宴で次々に酒を注がれ、さすがに周辺国の王族などからの酒を断ることはできず、飲まざるを得なかったためらしい。気遣うシリルの問いかけに、ラウリーが頬を緩める。

「心配してくれたんだな、ありがとう。酒には強いほうだから酔ってはいないし、このくらいの行事では疲れることはないから大丈夫だよ」

具合が悪いわけではないとわかって、シリルはホッとした。だが、多くの客に対応して疲れているのは間違いないだろうから、きっと今夜は早めに休んだほうがいいだろう。

「君も少し飲んでみるか？」

そんなことを考えていると、ふいにそう言ってワインのボトルを指さされ、シリルは目を瞬かせた。おそらく、自分の視線がワインボトルの辺りを彷徨っていたので勧めてくれたのだろう。レーンフェルトでは十六歳くらいから飲酒をしても構わないことになっているが、シリルはまだ一度も酒を飲んだことはない。

無理に勧められることはなかったが、初めての酒に少しだけ興味が湧いた。

グラスの底にほんのちょっと注いでもらい、深紅のワインをじっと見つめ、くんくんと匂いを嗅いでから、おそるおそる舐めてみる。芳醇な甘い香りに比べ、味には苦みが強く感じられ、少し舌が痺れるような感覚がした。

シリルが思わず顔をしかめたのを見て、ラウリーは苦笑し、シリルのために用意されていたミルクを新しいグラスに注いで渡してくれる。礼を言ってそれを口に含むと、苦みが消えてホッとしたのも束の間、一口しか飲めなかった自分が恥ずかしくなった。

「すまなかった、少し苦かったか?」

気遣うように言われて、「少しだけ」と答える。子供だと思われたくなくて、苦くて到底飲めそうにないとは言いたくなかったが、正直、自分に酒はまだ早いようだ。

「でも……慣れれば、きっとラウリー様と一緒に飲めるようになりますから」

必死でそう言うと、ラウリーはそれを否定せずに頷いてくれる。

「酒が飲めなくてもどうということはない。ただ、味には好みがあるからな。ためしに、次はもうちょっと甘めの酒を用意しておこう。もしくは、シリルが美味しく飲めそうな、ミルク割りに合う酒を選んでおくよ」

優しく言って手を伸ばしてきた彼が、慰めるようにシリルの帽子越しの頭を撫でる。はい、と答えつつも、帽子の中でしょんぼりと伏せていた山羊耳が、現金にもぴくっとしてすぐ持ち上がった。

次――次にまた彼に会えるのは、おそらく来月、また村に来てくれたときだろう。でも、今夜は彼もここに泊まるのだから、きっと明日の朝も顔ぐらいは見られるはずだ。時間があれば、朝食も共にしてくれるかもしれない。

そう思うと少し気持ちが明るくなって、シリルは食事の続きに取りかかった。

「――もういいのか？」

フォークを置くと、ラウリーが気遣うように訊ねてくる。

「はい、ごちそうさまでした。どのお料理も、本当に美味しかったです」

村を訪れるときはいつも、彼は王宮の料理人に作らせた料理を持参してくるが、狼獣人で、本来は肉食のはずなのに、シリルと食事をするときはなぜか肉を口にしない。草食の一族が住むアルデの村だから、肉料理を持ち込まないよう気遣っているのかと思っていたが、王宮内の別棟で食事をするいまも、なぜか肉料理は並んでいなかった。

（……もしかして、僕に合わせてくれているのかな……？）

もし彼がシリルのために普段と違うメニューに付き合ってくれているのだとしたらと思うと、申し訳ない気持ちになる。

一通り食べ終えて満腹になった頃、サシャがデザートの果物の盛り合わせを持って入ってきた。

「マウリッツ様がご報告したいことがあるとのことで、いらしていますが」

「――マウリッツが？」

サシャの言葉を聞いたラウリーが、かすかに眉をひそめ、「わかった、通してくれ」と言う。手早く食器を片付けて、デザートの皿を置いてからサシャが下がっていき、ほどなくしてまだ軍服姿のマウリッツがやってきた。

「国王陛下、シリル様。夜分に失礼いたします」

そう言いながら部屋に入ってきた彼に、シリルも慌ててぺこりと頭を下げる。シリルがいるのを見てもまったく驚かないところを見ると、彼はラウリーがシリルをここに泊めることをすでに聞いていたのかもしれない。

「すまないが、少し席を外すから、自由にしていてくれ」とラウリーが言い置き、二人は奥の書斎に引っ込む。なんの話なのだろうと考えながら、シリルはサシャが持ってきてくれた瑞々しい果物を食べた。

さっきほんの少しだがワインを舐めたせいか、もしくは暖炉に火の入ったこの部屋が暖かいからか、頬がじんわりと熱い。外の空気でも吸おうと居間に移動してカーテンを少しだけ捲り、窓を小さく押し開けた。

火照った頬を撫でる夜風が心地いい。王宮の裏手一帯は広大な庭園になっているためか、夜露を感じさせる湿った濃い緑の匂いに交じって、どこかからかすかに花の香りが漂ってくる。明日の朝早起きすれば、人目につかないうちに少し庭園を見られるかもしれないなどと考えながら深呼吸する。そのうち、少しずつ火照りも引いてきたので、窓を閉めようと手をかけたときだ。

「――節目の日の供物にしたいって？　金の子山羊を？」

どこかから聞こえてきた声にぎくりとして、シリルは手を止めた。

「それはひどい話だな。いくら国王のためだからって、恐ろしい話だ」

（な、なに……？）

シリルが『金の子山羊』であることを知る者は、この王宮にはいま、リニくらいしかいないはずなのに。

声が近づいてくるような気がして、とっさにカーテンの裏に身を隠す。その陰からそろそろと窓の外を見下ろすと、高台の上に立つ別棟の窓の下を、狼耳を持たない軍服姿の者が二人、こちらのほうに向かって歩いてくるのが見えた。ゆっくりと歩いているのは、どうやら警護の軍人たちのようだ。おそらく彼らはこの建物に配置され、周りを見回っているところなのだろう。

緊張しつつも耳を澄ませていると、聞かれていることなど露知らず、彼らは話を続けた。

「まあ、金の子山羊を食べると不老不死になるなんて話は、ずっと昔からあったけどさ。そもそも滅多に生まれないわけだし、未だに信じてる者はさすがにそういないんじゃないか？」

「ああ、それにしても残酷な話だよな。俺がもし王族になったとしても、ただのヤギならともかく、獣人を食べようだなんてぜったいに思いつきやしないよ」

まあ俺たちが王族になれるわけもないけど、という笑い声とともに、二人の警護の声はじょじょに小さくなっていく。

固まったままカーテンの裏に張りついていたシリルは、いま彼らが話していたことがいったいなんなのか、しばらく理解できずにいた。

金の子山羊を食べると不老不死になるなんて、眉唾ものでしかない。当然、シリルの肉にそんな特別な効果があるはずもないのだ。

（でも、国王……節目の日の供物って……まさか……、まさか、僕が、ラウリー様のための……供物、っていうこと……？）

必死にいまの軍人たちの話を否定しようとしたが、彼らの話を纏めると、どう考えてもそうとしか思えなくなってくる。

本当はシリルが金の子山羊であるということが、どうやってか、ラウリーの耳に入ってしまったのだろうか。

シリルはじわじわと全身から血の気が引くのを感じた。

そういえば――ラウリーは今日の儀式に赴く前、少し改まった様子で『話がある』と言っていた。もしや、今夜結婚の話をしてくれるのかとどきどきしていたが、どうやらいまのところその話ではなさそうだ。しかも、二人きりになっても特別、何か話を切り出すこともなく、今夜は食が進まない様子で、珍しく少し上の空なときすらもあった。

あれこれと、警護の者たちがしていた会話と、現在の状況を総合すると、ラウリーは、実は金の子山羊だったとわかったシリルを娶るのではなく、不老不死の体を得るために、誕生日の供物として食べることにした――という、あまりにも信じ難く、恐ろしすぎる結論しか思い浮かばなくなってしまう。

確かに狼族は肉食だが、この国では過去の出来事から、敬う意味を込めて、獣のヤギの肉を食べることですら禁止されているはずだ。そして当然ながら、獣人を殺して食べることは、対象が山羊族でなくても罪とされ、重い処罰の対象となる。

しかし、ラウリーはこの国の王なのだから、やろうと思えば自分の意思で法を変えるくらい容易いことだろう。もし、山羊族との古くからの縁や友情よりも、この節目の日の祝いに、不老不死の命を得ようと決めたのだとしたら。

側近と奥の書斎に籠もった彼は、いったいいま、なんの話をしているのだろう。

不安のあまりどくどくと心臓の鼓動が速まり、シリルの手足の先が冷たくなっていく。

(僕をどうやって食べるか、その方法を話し合ってる、とか……?)

もしかしたら、ラウリー自身は渋っていても、狂信的な考えを持つ後援の貴族たちにそそのかされて、迷っているのかもしれない。もちろん、そんなひどいことを、あの優しいラウリーがぜったいにするはずはないとシリルは強く信じている。けれど、先ほど耳にした軍人たちの会話が鼓膜に刻み込まれたようになって、どうしても強烈な不安ばかりがむくむくと強くなっていく。

そういえば、とシリルはふと思い出す。

村を出るとき、見送ってくれた一族の者たちが――なぜか泣いていたことを。

リニはまったく普段通りで、シリルを供物にする話など知らないはずだと断言できる。あの場にはいなかったが、マーリオもだ。

だが、村人たちの涙は、実は国王の誕生日のこの日、シリルが尊い供物にされる運命だと知っていたからだとしたら……？

スーッとシリルの背筋に冷たいものが走る。ガタガタと大きく手足が震え始め、動揺のあまりどうしていいかわからなくなった。

さっき聞こえてきた軍人たちの話だけではなく、今日起きた様々な事柄を思い返せば思い返すほど不安は強くなる。次第に、今夜突然ここに泊まることになり、この人気《ひとけ》のない別棟に連れてこられたこと自体が、供物にされるためだったとしか思えなくなってきた。

（と、ともかく、落ち着かなくちゃ……）

震える手でガウンの胸元をぎゅっと掴み、まずは冷静にならなければとシリルは自分に言い聞かせた。

できることなら、ラウリーに真意を直接訊ねたい。彼はきっと、決してそんなことはしないと言ってくれるはずだ。

だが、いま彼は一人ではない。マウリッツはいい人だと思うが、誰からどんな命令を受けているかわからない。ラウリー以外の狼族の者たちが、他種族の自分に対して、いったいどういう行動に出るかは正直わからなかった。ふたつの種族の間には古くからの深い絆があり、シリルは彼らをいざというときに助け合う大切な友人だと教えられて育ってきたし、これまで会った狼族は皆、とても親切に接してくれた。ラウリーと彼の三人の弟王子たち、それからよく知るロドニーとレンスは、きっとシリルを供物にすることに賛成などしないと思う。

けれど、山羊族とは桁違いに多くの民がいる狼族の中に、古くからの山羊族の功績を軽んじ、王の力になるのなら犠牲もやむを得ないと考える者がいる可能性を、どうしても完全に否定することができない。

二人が部屋から出てくるのが怖い。もしマウリッツが豹変して、自分を捕らえようとしてきたらと思うと、居ても立ってもいられないような気持ちになった。

（……もし、ラウリー様をそそのかす人がいたとしても、一晩経てば考えを変えてくれるかもしれないから……）

必死で震えを止めようとしながら、祈るような気持ちでシリルは考えを巡らせた。

ラウリーのことを信じたい。そのためにも、ともかく、いまはここにいてはいけない。

この王宮はとてつもなく大きく、使用人だけでも百人近くの人々が働いているという。しかも、今日は国中から、そして周辺国からも王侯貴族たちが集まってきている特別な日なのだ。

王宮の建物を囲むこの庭園だけでも、相当な広さがある。逃げ出すにしても、ラウリーの立場を考えると、シリルは大声で助けを求めるようなことはできない。だが、逆を言えば、いま自分がここからいなくなったとしても、目的が密かに供物にすることだとしたら、大々的な捜索がなされるようなこともないはずだ。

——どうにかこの一晩、夜が明けるまでどこかに隠れていられれば。

シリルは決意を固めると、思い切って動き始めた。

小さく開けた窓を音を立てないように押し開き、闇に包まれた地面をじっと見つめる。

表の扉から出れば、おそらくさっき雑談をしていた軍人たちにすぐに見つかってしまう。

この別棟は石段の上に立っているため、一階のこの居間は実質二階近くの高さがあるようだ。登ることは難しいだろうが、飛び降りることならできるかもしれない。シリルは子供の頃から、散歩が許される日には山の中をぴょんぴょんと跳び回り、人の姿でも子山羊の姿でも岩や崖を上ったり下りたりして遊びながら育ってきた。いまでもかなり身軽なほうだし、この程度の高さからなら、なんとか飛び降りられるかもしれない。

地面までの高さをよく確認して、いけそうだと確信すると、シリルは窓の隙間から体を横向きにしてするりと抜け出し、そっと窓を閉める。

窓ガラスに一瞬映った自分の顔は強張っていた。目を背け、思い切って一気に飛び降りる。

足にじんと衝撃が走ったものの、怪我ひとつなく下りることができた。

だが、ふと奇妙な解放感に気づいて、ハッとして慌てて頭に触れると、あろうことか帽子が脱げて、よりによってこんなときに金色の毛に包まれた山羊耳があらわになってしまっている。飛び降りた瞬間にどこかに引っかけてしまったようだが、もう別棟のあの部屋には戻れない。仕方なく、シリルは着ていたガウンを脱ぐと、急いで頭に被る。どうにかしっかりと金色の山羊耳と金髪を包み込んで隠し、恐怖に背中を追われるようにして、薄闇に包まれた庭園へと足音を殺して全力で駆け出した。


遠くから聞こえるかすかな音楽と、シリルが駆ける小さな足音だけが、静かな庭園の中に響いている。

瀟洒な庭園の小道沿いにはぽつぽつとランプの明かりが灯されていて、辺りを照らし出している。誰の目にもつかないよう、なるべく明るいところを避けて走りながら、シリルは庭師の手で美しく整えられた園内を奥へと進んでいく。

広大な庭園にはところどころに見事な植え込みや花壇があり、優美な造りのあずまややや、光を反射して輝く噴水は夜目にも映える。陽光の下であれば、きっと訪れた人々の目を癒やす素晴らしい景色だろう。シリルも、もし普通の状況の明るい時間にこの庭園をラウリーと歩けたなら、さぞかし楽しめたはずだろうにと思うと悲しくなった。

いまはそれどころではなく、寝間着のままひたすらあの別棟から遠ざかり、どこか安全に身を隠せそうなところを探して逃げるしかない。どうにかしてリニのところに行きたいけれど、シリルがいなくなれば、おそらくまっさきに彼の部屋が捜されるだろう。そもそも、いったい彼がどこに部屋を与えられているのか、王宮内のことをよく知らないシリルには見当もつかなかった。

混乱のままどのくらい走り続けた頃だろうか、もう別棟からはずいぶんと離れたはずだし、王宮からもかなり距離がある。まだラウリーたちはシリルが逃げたことに気づいていないらしく、追っ手の気配も感じない。

待たせていた部屋からシリルを別棟に連れていくとき、『人目は気にしなくていい』とラウリーが言っていた通り、確かにどんなに走っても庭園には人の姿はまったく見当たらなかった。もしかしたら、別棟の周辺はあえて人払いされているのかもしれないと思うと、供物にされるという話がさらに現実味を帯びて、いっそう強い恐怖に駆られる。音楽がかすかに聞こえているので、大広間の宴はまだ続いているようだ。もしシリルが逃げたことに気づいて軍人たちが捜し始めるとしたら、宴が終わって招待客たちが帰ったり、泊まっていく者たちが王宮の部屋に案内されたあとかもしれない。それまでに、どこか安全なところに身を隠さなくては。

ぐるぐると考えながら走り続け、いいかげんに体力の限界を覚えて、シリルは手近な茂みの陰によろよろとしゃがみ込む。

「はぁ、はあ……っ」

ぜいぜいと胸を鳴らしながら、必死で音を立てないように呼吸を整える。

脳裏には、楽しかった先ほどまでの夕食の時間が蘇る。いま、供物にされる恐怖に怯え、震えながら庭園の片隅にしゃがみ込んでいることが、まるで悪夢のように思えた。

「――おい、そこの奴」

「ひっ!?」

突然、背後からかけられた声に、シリルは跳び上がりそうなほど驚いた。

慌てて振り返ると、ここからはまだ少し距離のあるところに据えられた庭園内の長椅子に、獣人の青年が腰かけている。ちょうど、間にある背の高い植え込みの陰になっていたせいか、しゃがんだときにはそこにまさか人がいるなんて気づきもしなかった。

その青年は、長い足を開いて投げ出すように座り、高級そうな酒の瓶を手に持っている。黒髪の彼は、やや褐色がかった肌に足元まである見慣れない衣服を纏い、手にも首にも指にも大ぶりな宝石のついたいかにも高価そうな装飾具を着けている。その服の形は一見すると山羊族の正装とも似て見えるが、よく見ると細部が異なるし、そもそも明らかに彼は山羊族の獣人ではない。頭の上に生えている耳は、狼族のそれとも違う。丸みを帯び、黄金色に黒っぽいまだらの入ったあれは――。

シリルが固まっている前で、ぐびりと一口瓶から直接酒を呷ってから、彼はだるそうに立ち上がった。酒瓶を持ってぶらぶらさせながら、ゆっくりとこちらに近づいてくる。血の気が引いたが、とっさに逃げられない。整った顔をした青年の表情には、明らかな傲慢さと、シリルを見下す気配が滲み出ている。

「お前、どこから入ってきた？　ここは立ち入り禁止だと言われたから、誰もいないだろうと思ってゆっくりしていたっていうのに」

「も、申し訳ありません、すぐに、去りますから……」

ぎこちなく言って立ち上がろうとすると、すぐそばまで近づいてきた彼が、ガウンを被っているシリルの頭の辺りを訝しげな目でじろじろと眺めた。走っているうち、しっかりと被っていたはずのガウンが少しずれてしまっていたようだ。慌てて耳と髪を隠すように引き上げたが、もしかしたら、少し獣耳が見えてしまっていたのだろうか？

「まだ少年のようだが、ずいぶんと怪しげな格好だな。まさか盗人《ぬすびと》か？」

「違います！」

驚いて反射的に答えたが、彼はまったくその言葉を信じるつもりはないようだ。

「なぜ頭に布を被っている？　そこに何を隠しているんだ？　狼族ではなさそうだが、お前は何族だ？　もしくはただの人間なのか？　ほら、その布を取ってみろ」

ガウンの下にあるものを見られるわけにはいかない。

ガウンを奪い、何族かを無理やりにでも確認しようというのか、彼がさらに距離を詰めてくる。頭に巻いたガウンをぎゅっと掴み、シリルが必死にそれを拒もうとしたときだ。

それほど遠くないところで、オオカミの遠吠えが聞こえた。

──王宮にいるオオカミは、狼族が使う手下だけだ。

つまり、その主人である狼族の獣人が、この近くにいる。

「ぼ、僕、失礼します……っ」

近くにいるのがいったい誰なのかわからず、助けてくれる者なのか、それとも逃げるべき者なのかもわからない。混乱のまま、シリルはそれだけを言うと、立ち上がってその場をあとにしようとする。

「おい待て、お前……！　くそっ、オレの言うことを聞かないつもりか！」

一人でくつろいでいるところを邪魔したのがそんなに癪に障ったのか。彼は苛立ったように酒瓶を放り投げると、怒鳴りながら追いかけてくる。恐ろしさのあまりシリルは必死に彼から逃げようとした。

するとと、突然ものすごい勢いで駆けてきた何かが、ひゅっと視界の端を掠めた。驚いてシリルはその場に尻もちをつく。

「お、お前たち、なんだ!? この無礼者め、狼族の飼い犬か!」

激昂した青年の声にとっさに振り返ると、青年とシリルの間には、大きな二頭のオオカミが立ちはだかっている――まるで、シリルを守るかのように。

激しく唸り声を上げながらも、二人の間を遮り、身を低くして威嚇しているのは、見覚えのある黒色のオオカミと、焦げ茶色のオオカミだ。そのあとを追うように、「シリル様!」と声を上げて駆けつけてきたのは、軍服を着た見慣れた二人の狼獣人だった。

「お怪我はありませんか!?」

ロドニーがオオカミたちと共にシリルを守るように前に立ちはだかり、レンスが慌ててシリルの元に駆け寄ってくる。

「ロドニー、レンスも……!」

見覚えがあるのも当然だった。二頭のオオカミはいつも彼らに付き従っている手下だ。つまり、先ほど聞こえたオオカミの遠吠えは、『シリルを見つけた』という彼らへの知らせだったのだ。

二人は今日はもう警護の任務を解かれ、休んでいたはずなのに、どうしてこんなにすぐに気づいてくれたのだろう。

心から気遣ってくれるその表情を見て、シリルは確信した。彼らとオオカミたちは、自分を捕らえるのではなく、守るために来てくれたのだと。安堵のあまり、その場にうずくまったまま泣きそうになる。だがそのとき、突然現れたオオカミたちと軍人に自分の行動を邪魔され、歯ぎしりした黒髪の青年が、腰に帯びた剣の柄に手をかけるのが見えて、シリルはハッとした。

「お、おやめください……！」

このままでは、ロドニーたちとこの青年が争うことになってしまう。助けに来てくれた二頭と二人が自分のために血を流すことも、おそらく今夜の宴の招待客であろう他種族のこの青年が、ラウリーの誕生日の夜に王宮の庭園で怪我をすることも、ぜったいに避けなくてはならない。だが、シリルの制止も虚しく、青年は剣を抜いた。

「――ハイダール王国、アルディン王子！」

ふいに、少し距離のあるところから、朗々とした声が静かな庭園に響いた。

聞き間違うはずもない――あれは、ラウリーの声だ。

王宮のある方角から足早に近づいてきた彼は、呆然としているシリルにさっと目を向けてから、警戒を解かずにいる二頭と二人に頷く。

「レンス、ロドニー、ご苦労だった。下がってくれ」

そう言われて、二人の獣人はすぐさま彼の命令に従い、ラウリーの後方に下がる。二頭のオオカミも素早く彼らのそばに伏せた。

（ハイダール王国の王子……）

ずいぶんと態度の大きな青年だとは思ったが、彼はただの獣人ではなく、王族だったのだ。近くまで来た王子が庭園に灯されたランプの明かりのほうを向くと、はっきりとわかる。あの耳は金豹のものだ。

ハイダール王国は、このレーンフェルトから山ひとつ隔てた先にある隣国で、長年に亘って金豹族が支配している小国だ。国土の中にいくつか擁する鉱山から金や銀などの潤沢な資源が採れるために、それらを加工や輸出する産業が活発で、買いつける商人も各国から訪れ、相当に裕福な国だという。

しかし、狼族による統治のもとで長年の間平和を保っているレーンフェルトとは大きく異なり、たびたび内乱が起こり、年中王族の間で争いが勃発して殺し合ってばかりいると聞く。未だに後宮があり、多くの女性たちを国王が独占していて、王子王女と呼ばれる者たちもかなりの数いるそうだ。跡継ぎの王太子の名くらいは知っているシリルでも『アルディン』という名は聞いたことがないため、おそらく彼は、数多くいる王子のうちの一人なのだろう。

「何事だ！」

騒ぎが伝わったのか、王宮の方角から、軍服を着た狼獣人の見張りたちとその手下のオオカミたちが続々とこちらに向かってくる。

ラウリーがスッと手を上げてそれを制すると、彼の姿に気づいた狼獣人の一人が声を上げ、軍人たちの間にざわめきが走った。

「国王陛下!?　皆、いったん止まれ！」

命令を聞いたオオカミたちはパッとその場に伏せ、狼獣人の全員が距離を置いた場所で足を止める。

「ここは問題ない、下がってくれ」というラウリーの命令で、彼らは少し離れた場所からこちらの様子を窺っているようだ。『下がれ』と言われても、さすがに、剣を抜いた他種族の者がいる前で、国王を残して完全に撤退するわけにはいかないのだろう。

（ど、どうしよう、大ごとになっちゃった……）

被ったガウンの端を強く握りしめながら、シリルは額に冷や汗が滲むのを感じた。

集まってきた狼族の軍人たちにもいっこうに構うことなく、剣を納めないまま、アルディンは居丈高に言い放った。

「ラウリー陛下。おたくの家来の礼儀はいったいどうなっている？　こいつら、オレに牙を剥いたぞ!?」

「私の部下たちは危機的状況にない限り、無駄に威嚇することなど決してしない。アルディンどのこそ、なぜこんなところに？　今夜は夜明けまでの間、王宮の裏側の庭園一帯は、たとえ誰であっても立ち入りを禁じると通達してあったはずだ。先ほど、警護の者に怪我をさせてまで強引に庭園に押し入った者がいるという知らせがきていたが、まさか、他国においてそんな無作法な真似をしたのはあなたではあるまいな？」

冷静なラウリーの指摘に、アルディンがぐっと答えに詰まる。この王宮の裏側の庭園は、一部どころかすべてに人が立ち入らないようにされていたと知って、シリルは別のところで驚いてしまった。

「……別に、大怪我はさせていない。オレの行く手を頑なに阻もうとするから、少々振り払っただけだ」

言い訳のように言うと、ふいにアルディンがうずくまったままのシリルに目を向け、無遠慮にずいと指さした。

「そもそも、大広間があんまり騒がしいから、人のいないここでのんびりしていたところをこいつが邪魔をしてきたんだ。しかも明らかに寝間着姿で、頭には布を被ったおかしな格好をしているし、布を取れと命じても言うことを聞かずに逃げようとするから、頭にきただけだ。こいつは王宮の下働きか？　被った布を取らせて、あっちの奴らと共に俺に謝罪させろ！」

大きな声にシリルはびくっと身を竦める。だが、シリルが何かする前に、ラウリーが冷静な声音で鋭く言った。

「謝罪すべきなのはどちらか？　何を置いても、まずはその剣を納めよ」

その口調は、聞いたことがないほど冷え冷えとしている。ムッとした顔をしながらも、さすがに他国の王を前に礼を失する行動だったと気づいたのか、気まずそうにアルディンは剣を鞘に戻す。

極めて落ち着いた口調で、ラウリーは彼に問い質《ただ》した。

「他国の王宮の敷地内において、見張りの者に怪我をさせて立ち入り禁止とされる区域へ入り込み、そこで気に入らないことがあれば、酔いに任せて大騒ぎをする。逆に、ハイダールの王宮の禁止区域に侵入者があったとして、あなたはそれを阻んだ警護の者に謝罪させるのか？　彼らは職務をまっとうしただけだ。私は彼らに謝らせるつもりはいっさいない」

きっぱりと言い切ったあと、ラウリーは身を硬くしてうずくまっているシリルに目を向ける。

「そして、彼があなたの命令に従う必要もない。なぜなら彼は……」

そう言いかけたラウリーに、シリルは思わず息を呑んだ。

シリルと彼との婚約の事実を知る者は、山羊族のうち限られた者と彼の亡き父くらいのものだ。金の子山羊であるという事実を、ラウリーが本当に知ってしまったのかはまだわからないが、そもそも、シリルは他国の王族からすればただの平民でしかない。

いまの段階では、アルディンが誤解している通り、王宮の使用人や家来だと誤魔化すのが妥当なところだろうが、なんといってもアルディンは隣国の王子なのだ。もしシリルが今夜、供物にされることなく、将来正式にラウリーと結婚したとすれば、両国の行事の席で顔を合わせる機会がないとも限らない相手だ。

この複雑な状況下で、ラウリーは自分の存在をなんと説明するつもりなのだろう。怯えながらシリルが身を竦めていると、彼はひとつ息を吸ってから口を開く。

「彼は、私の家族だ」

驚きで、シリルは心臓が止まりそうになった。

（ラウリー様……）

少し遅れて、じわじわとシリルの胸に歓喜が湧いてきた。

二人は、順当にいけば確かにこれから家族となる身だった。誤魔化すことも、嘘を吐くこともしない彼の堂々とした言葉を聞いて、シリルは胸がいっぱいになる。

その瞬間、彼が自分を食べることなど決してないと、シリルは改めて強く確信した。

ラウリーはアルディンを見据えたまま続ける。

「私の身内である彼が何か無礼をしたならもちろん謝罪するが、状況から明らかなことは、それは彼のせいではない。酒に酔い、声を張り上げて近づいてきたあなたに怯えたためだろう。この王宮では、夜半に大声を出すような無作法な者はいないのでな」

ラウリーがそう言い切ったとき、「アルディン様！」と王宮のほうから声が上がった。

「アルディン殿下、お捜ししておりました！」

必死の声を上げながら彼のほうにぞろぞろと駆けてくるひとかたまりの人影を見て、「ああ、うるさい奴らが来た」と忌々しげにアルディンが吐き捨てる。その様子を見ると、どうやらやってきた彼らはハイダールからついてきたアルディンの家来のようだ。家来たちもまた無理に庭園に押し込ったのか、その後から狼族の軍人たちが追ってきている。

「こ、これは……ラウリー陛下⁉　夜分にお騒がせして申し訳ありません」

彼らはレーンフェルトの国王の存在に気づき、さらに警護の者たちが少し距離を置いた場所にずらりといることにぎょっとして、すぐに深々と頭を下げる。これが他国の王に会ったときの一般的な反応なので、アルディンのラウリーに対する一連の態度は、もはや礼儀知らずなどというものではない。

アルディンは彼らに構わず、ラウリーの後ろでうずくまっているシリルを再びまじまじと見ながら言った。

「家族ということは、こいつはヴォルフ王家子狼のうちの一匹か。だったらもっとちゃんと厳しく躾けておくんだな。まったく、他国の王族への礼儀がなっていない」

アルディンはどうやらシリルを国王の弟のひとりだと思い込んだらしい。ラウリーはそれをあえて否定せずに口を開いた。

「同じことを、私もハイダールの国王陛下と王太子殿下によくお伝えしておこう」

自分のことは棚に上げて言いたい放題の彼に、ラウリーがちくりと釘を刺す。すると、ぎょっとしたように目を剥き、アルディンはギラギラした目でラウリーを睨みつけた。最後にちらっとシリルに目を向けると、アルディンはくるりと踵を返す。

「……おい、部屋に戻るぞ!」と命じ、慌ててあとを追う家来たちを率いて、さっさと去っていく。

暴風雨のような一団が消えていくのをやや呆れ顔で見送ったあと、ラウリーはすぐにシリルに近づくと、その場で片方の膝を突いた。

「ラウリー様……、あの……っ」

まずは礼を言うべきか、それとも謝罪するべきかとシリルが迷うよりも先に、彼がシリルの背中に腕を回してきて、ぎゅっと強く抱き竦められた。

硬い胸板にシリルの体を抱え込み、肩先に顔をうずめた彼が深く息を吐く。

「……誰かに、さらわれてしまったのかと思った」

痛いくらいに抱き締められて、自分が彼にどれほどの心配をかけたのかが深く伝わってくる。ごめんなさい、と小さな声を絞り出す。しばしそのままでいたあと、ようやく身を離した彼はシリルの顔を覗き込み、「どこにも怪我はないか？」と訊ねた。ぎくしゃくと頷くと、彼もホッとしたように少し体の力を抜く。

「話はあとだ。ここは冷えるし、ともかく別棟に戻ろう」

そう言われると確かに寒かったが、これまでは冷えを感じるだけの余裕すらなかった。シリルが自分で立とうとするより前に、さっと膝裏と背中に手を回されて、あっという間に彼の腕に抱き上げられてしまう。まだ遠巻きに控えている軍人たちからざわめきが湧き起こる。慌てたが、シリルは他にも人がいる以上、頭に被ったガウンを押さえる手を離すわけにはいかず、自分で下りることができない。

「ラ、ラウリー様、僕、歩けますから……っ」

「強がりを言うな、腰が抜けて、立てなくなっていたんだろう？」

図星を指されて、それ以上何も言えなくなる。情けなさと恥ずかしさで顔を覆いたいような気持ちでうつむくと、彼が顔を寄せてきて、腕に抱いたシリルの頬にそっと唇を触れさせた。

周囲の人々からは先ほどより大きなざわめきが起こり、驚いて彼を見上げたときには、もうラウリーは顔を上げ、歩き出していた。

「このほうが早いし、またいなくなったら困るからな――ロドニー、レンス、オオカミたちもご苦労だった。別棟に戻るぞ」

パッと立ち上がり、二人を警護するように意気揚々と先導する二頭のオオカミの姿が目に入る。

ロドニーたちが来てくれて本当に助かった。もし彼らとラウリーが追いかけてこなければ、アルディンはおそらくシリルが何を言っても彼を使用人だと思い込んだままで、頑なに被ったガウンを取らずにいれば、躊躇うことなく剣を振り下ろしてきただろう。

ラウリーに保護され、供物にされるかもしれないという恐怖も消えたあとは、安全な別棟から考えなしに飛び出してしまった自分の愚かさだけが残る。

自らのあまりの浅はかさにしょんぼりと落ち込んだシリルは、ラウリーの逞しい腕に抱かれて、別棟に連れ戻された。


別棟に着くとすぐ、ラウリーはロドニーたちに命じた。

「すまないが、アルディン王子が入り込んだ部分を含めて、王宮内の警護をより強化するようマウリッツに伝えてくれ。それから、この建物と庭園一帯に問題がないか、見回りを頼む」

彼らがその指示に頷くのを見て、まだラウリーの腕に抱かれたままのシリルは慌てて「ロドニー、レンス」と彼らに声をかけた。

手下のオオカミたちを連れて離れようとしていた彼らは、ぴたりと足を止めて振り返る。

「僕が勝手にうろうろしたせいで、夜なのにこんな迷惑をかけて、本当にごめんなさい……」

申し訳なさのあまり必死で謝罪すると、二人は一瞬目を見合わせてから、オオカミたちに何やら指示を出す。てくてくとこちらに寄ってきたオオカミたちが鼻先を伸ばしてくるので、シリルもおそるおそる手を伸ばすと、二頭は濡れた鼻先をちょんとその手にくっつけてきた。

二人の獣人と二頭のオオカミは、すぐに踵を返して命令を果たしに行ったが、その仕草は、まるで『気にするな』と言ってくれているかのようだった。優しさが身に染みるとともに、シリルは余計に自分が情けなくなった。

別棟の階段下には、獣耳のない警護の者たちが何人か顔を強張らせて立っていて、彼らの半分がロドニーたちの指示に従い、そのあとについていく。

髪どころか顔まで覆い隠すほど深くガウンを被ったシリルを腕に抱いたまま、別棟の中に入り、片方の手で扉に鍵をかけると、ラウリーはまっすぐ二階に上がる。なぜか客室ではなく自分の部屋に入ると、寝台の上にシリルを丁寧に下ろした。

初めて入ったラウリーの私室は、天蓋付きの大きな寝台と、何か書類の載った書き物机に、一人掛けのゆったりとした肘付き椅子が置かれている。さらに、彼は読書家らしく、壁一面に作りつけられた本棚は、天井までぎっしりと本で埋め尽くされている。室内の重厚な家具はすべて濃い飴色、カーテンや寝具などは深緑色で統一されていて、静かな雰囲気の漂う空間だ。

だが、そんな洒落た部屋の中でも、シリルはとても落ち着けるような状態ではなかった。

ラウリーは部屋の壁に設けられた暖炉に火を入れると、なぜか湯を沸かし始めた。黙ったままシリルがそれを見つめていると、彼はそばの棚からふたつのカップといくつかの入れ物を取り出す。籠に盛ってあったオレンジをナイフで手早く切り、沸いた湯をカップに注ぐと、そこにほんの少しブランデーを垂らし、さらに角砂糖と切ったオレンジを入れてスプーンで混ぜる。

「外に長くいたせいだろう。少し顔色が青い。体が温まるから飲んでくれ」と言われてカップを渡され、礼を言っておずおずと受け取る。ふわりと甘いオレンジの香りが立ち上るカップに口をつければ、じんわりと体が温まった。彼は寝台の端に自らも腰を下ろして同じものを飲み、シリルがそれを半分ほど飲むまで見届けてから、静かに訊ねてきた。

「状況から察するに、この館を出て庭園の中にいたのは、誰かにさらわれたわけではなく、君自身の意思ということで合っているか？」

シリルは強張った顔のまま、こくりと頷く。

「だったら、なぜあそこにいたのか、聞かせてほしい」

冷静な様子で問われ、シリルは覚悟を決める。警護の獣人の話を聞いてしまったところから、逃げ出してアルディンに遭遇するまでの経緯をひとつずつ説明し始めた。


聞き終えると、ラウリーは深く息を吐いた。

「そうだったのか……」

シリルは正直に、自分が逃げ出さざるを得なくなった理由をすべて打ち明けた。

ラウリーは一瞬、愕然とした様子を見せたが、話し終えるとすぐ、シリルの目を見てはっきりと言った。

「もちろん、その話は誤解だ。俺は、君を供物にするつもりなどまったくない」

明確に言い切ってくれた彼に、シリルはこくこくと頷く。

彼からその言葉を聞けて、改めて安堵の気持ちが込み上げてきた。

「わかっています……そうだって信じたかったんです。でも、他の方からそうしろと勧められて困っているのかと……勝手に僕が思い込んで、いろんなことを繋ぎ合わせて誤解してしまっただけで……、愚かな勘違いをして、本当に恥ずかしいです……」

震える声で言うと、ラウリーは首を横に振った。

「いや、こちらこそ、見回りの者たちの会話で不安にさせてすまなかった。彼らが話していたのは、おそらく今日の宴で、周辺国の王家の話を小耳に挟んだからだろう」

「周辺国、ですか……？」

「ああ。ずっと昔、我が国の最初の王を救ったことから、レーンフェルトでは金色の子山羊が奇跡の存在として崇められ、牧羊神とされているという話は、周囲の国々にも伝わっている。しかも、どこの国においても、金色の生き物は希少だから、我が国ほどではないにしろ、その誕生は国への特別な吉兆だと受け止められているらしい」

ラウリーの話によれば、海に隣接する隣国バルデシアでは、金の魚が獲れるたびに吉事として祭りが行われていて、反対隣の砂漠の大国サウラーンでも、大いなる出来事の前兆として、金色の毛を持つ生き物を発見するたびに捕獲しては城に連れ帰り、はく製にして飾っているそうだ。

そんな中でも、とりわけ山ひとつ向こうの隣国、ハイダール王国では、『金色の被毛を持つ生き物の肉を食べると、不老不死となる』という話が、昔から固く信じられているという。

ヤギに限らず、金色の生き物――例えば、金のヒツジでも金の鳥でも、金色の生き物が見つかれば、すぐに王に献上される決まりだという。

そして、王は永遠の命を得るためにその肉を食べる。

山羊族を大切な友人として敬い、長年手厚い支援と保護を与えて、彼らと友好的な関係を築き続けている狼族の治めるこの国とは、まったく違う。

ハイダール王国——それは、先ほど遭遇したアルディン王子の国だと気づき、シリルは背筋が冷たくなった。

（あの人に山羊耳を見られなくてよかった……）

心底ホッとして、シリルが膝の上で思わず手を固く握り込んでいると、その上に大きな手がそっと重ねられた。ラウリーの手だ。

「山羊族は、我が狼族に幸運を導いてくれた牧羊神の末裔だ。シリルも含めて、山羊獣人たちは皆、生まれたこと、そして、いま、こうして生きていてくれることに大きな意味がある。警護の者たちの話のせいで不安にさせて、本当にすまない。あまり君を怖がらせたくなくて、守ることばかりを考えていた。村にはロドニーたち警護もつけているから安全だし、詳しく話さないほうがいいかと思っていたが、もっと早く、周辺国の危険も含めてちゃんと君に伝えておくべきだった」

握ったシリルの手を自らの口元に持っていき、彼がそっとその甲に口付ける。

「だが、そういった意味で狙われるのは、山羊族の中でも金毛の者だけだ。だから、もう怯えなくて大丈夫だから」

そう言われて、彼に秘密のあるシリルは、ずきりと胸が痛むのを感じた。

(どうしよう……こんなに迷惑をかけたのだから、もう、打ち明けてしまうべきだろうか……?)

――なぜ、自分があんなにも供物にされると思い込み、怯えたのかを。

「君が無事で、本当によかった」

シリルの内心に動揺が走ったとき、彼がぽつりと言い出した。

「……婚約を決めたのは、まだお互いに子供のときだったが、俺は決して一時の思いつきなんかで君と婚約したわけじゃない」

ふいに彼の目が熱を帯び、まっすぐに射貫かれる。

「種族が違うことなど関係ない。君のことが好きだからだ」

突然面と向かって告白され、シリルは心臓が止まりそうになった。

「情けない話だが……あの頃、俺は王太后どの、当時の王妃と折り合いが悪くて、王太子でありながら王宮に居場所がないと感じていたんだ。しかも、もし自分が王位を継げる年齢になる前に父に何かあれば、たとえ王になれても摂政には王妃がついただろう。場合によっては、王妃の一派に排除される方向で押し流され、正式に王位を継げる十五歳になる前に王家を追われるかもしれないと不安に思っていた。だから、半ば絶望的な気持ちで切実に父の病の快復を祈っていたんだ」

まさか、あの頃の彼がそんな状況だったなんてとシリルは心の中で驚いた。すべてに恵まれた王太子であり、いつも明るい顔をしていたラウリーからその話を聞いたのは、初めてのことだったからだ。

「そんなふうに鬱々としていたときに、ラドバウト山の森で出会った君は、無邪気でにこにこしていて、純粋な愛らしさのかたまりで……まるで森の妖精みたいだった。一緒に祈ってくれると父の病は本当に治り、君が俺を幸運に導いてくれたんだと思った。どのくらい俺が救われたか、わかってもらえるだろうか。あの日の出会いは、王妃とその使用人たちにさんざん冷たく当たられていた俺の未来と、それから心に、あらゆる意味で光を射してくれたんだ」

「そんな……」

シリルが慌てると、彼がぎゅっと握る手に力を込めてきた。

「すべて本当のことだ。初めて会ったあの日から、心に残って忘れられずにいたが、それからも、会いに行くたびに少しずつ成長していく君に、どんどん想いが増していった。ただ、好きだからもっとずっと一緒にいたい。だから父を説き伏せて早々に婚約し、一日も早く成年の儀式を終えて、君を俺のそばに呼び寄せたいと思い続けてきたんだ。君に月に一度会えることを楽しみにして、王位と君に相応しい人間になれるように必死に努めてきたつもりだ。正直、王太后には、他種族の君と内々で婚約したことについて、いまでもいい顔はされない。だが、いまはもう貴族たちは皆俺の味方だから、必ず結婚に同意させる。問題は全て片付ける。だから、どうか何も心配せずに、王宮に嫁いできてほしい」

「ラウリー様……」

まさか今日こんなふうに告白されるとは夢にも思わず、シリルは目を瞠る。

——好きだと言ってくれた。ずっとそばに置いておきたいと。

ラウリーの言葉の衝撃で、シリルは夢のような心地で頭がぼうっとなった。

「婚約中ももっと会いたいと思っていたが、アルデの村は王宮から遠くて、頻繁に会いに行くことは難しい。それに、たとえ俺のほうに時間が空いても、山羊族のほうでは、一か月に一度しか外の者との面会自体許されないと言われていたんだ」

その話は初耳で驚くが、確かにラウリーは月に一度以上会いに来ることはなかった。

「だから、いいかげん焦れて、昨年、内々の婚約者として君を王宮に呼び寄せ、この別棟に住まわせたいと申し出たんだが、村長に断られてしまった。まだ正式に婚約もしていないのに、そんなふしだらなことはさせられない、我が一族の者に対して無礼な申し出だ、と」

「そうだったのですか……」

聞いていない話の連続で、シリルは呆然としていた。だが、確かに村長のテオドルは、年に一度、国王の誕生日以外に、シリルが山から下りることを決して許さない。シリルが〝きんいろ〟であることを知らず、幼少時の二度の事件も知らないラウリーには、おそらく異常に過保護なしきたりの村だと映っただろう。

「村の者たちも村長も、君のことが心配なのだろうというのはよくわかる。だから、きちんと順序を踏む。これから七日後、成年の儀式になすべきすべてのことが終わった時点で、改めて正式に婚約を交わして、我が一族の者たちと国民全てにそれを知らせ、式の準備を始めたいと思う」

（なすべきすべてのこと……？）

正式に婚約、そして式の準備。やっとラウリーのそばに来られるのだと思うと、ふわふわとして落ち着かない気持ちになる。だが、そんな中でもふと疑問を覚え、シリルはおずおずと訊ねた。

「あの……ラウリー様の誕生日に関わる儀式は、今日で終わりではないのですか……？」

「いや、違う。あとひとつ残っている。成年した年には、山羊族から受ける……特別な『祝福の儀式』があるんだ」

どうやら、今日行った神殿での儀式で終わりではなかったようだ。

村長からは聞いていなかったし、ラウリーから聞くのも初めてだ。まだ儀式がすべて終わっていないという大切なことを、なぜ皆事前に教えてくれなかったのだろう。

シリルが不思議に思っていると、「少々特殊な儀式なので、俺が直接説明すると言って、村長には今日まで伏せておいてもらった」とラウリーがどこか気まずそうに言う。

（特殊な儀式？）

大概、山羊族が関わる王家の儀式は、歴史と深く絡んだ重要なものであることが多い。金の子山羊はそもそも、狼族の王の荒ぶる血を収める役割を果たした存在だ。その中でもさらに、おいそれと人づてにできないほどの儀式なのかと思うと、にわかに緊張を感じた。

だが、供物にされるというのは自分の誤解だったわけだし、まさかこれ以上の驚きはないだろう。気を引き締めると、シリルは背筋を正し、率直に訊ねてみる。

「その祝福の儀式とは、どのようなものなのでしょう？」

彼は少し迷うように一瞬だけ視線を彷徨わせてから、じっとシリルを見る。それから、決意したように話し始めた。

ヴォルフ王家において、王となる者は、二十歳を迎える日に、必ず山羊族の若者から特別な祝福を得なくてはならない。それは七日間、毎夜続けて行うことと定められている。

彼はかすかに顔をしかめ、どこか言い辛そうに説明してくれた。

「七日の間、毎夜、山羊獣人の若者から体液をもらうことで、王となる者は、牧羊神からその身に祝福を授けられる。猛り狂う内なる血を抑え込み、王自らも、神に近い存在になれるというものだ。それは、初代のレーンフェルト王が最初の金の子山羊に与えられてから続く古くからのしきたりで、皆、成年の際にその儀式を終えてから王位についている」

牧羊神の血を引く山羊族の中から、純潔の若者を一人選び、国王となる者は祝福を受ける。その秘密のしきたりは、王家に伝わる歴史書にも明確に記されているものだそうだ。

しかも、その体液の祝福は、血ではなく、清らかな山羊族の若者の精液から得ると決まっているらしい。

(つまり……それって、まさか………僕の、精液ってこと……!?)

予想外の話に、シリルは愕然とした。供物にされるという誤解も恐ろしい話だったが、この祝福の方法も信じ難いものがある。

だが、ヴォルフ王族はその祝福で王位継承者の血を鎮めるという言い伝えを古くから真剣に信奉し続けているようだ。だから前王も、その前の王たちも、代々その儀式を終えてから国王の座についた。しかし、ラウリーだけは、二十歳になる前に前王が亡くなってしまったため、やむを得ず先に王位を継ぐことになり、必然的に祝福の儀式は後回しとなった。そのために、信心深い大神官が率いる王家の神殿に仕える者たちと王族の重鎮たちからは異論があり、正式な即位後も、未だに彼は神殿の石板に代々の国王として名を刻まれていない。外交や体面上はまさしく王位にありながらも、一族の一部からはまだ正式な国王として認められていないのだという。

だから、その儀式を滞りなく終えさえすれば、ラウリーはヴォルフ王族からも貴族たちからも真の王として承認されるのだ。

王宮に年一度しか訪れず、他のヴォルフ王家の人々とはまだ子供な王子たち以外に関わることのないシリルにとって、どれも初耳なことばかりだった。十五歳の若さで立派に王位を継ぎ、国民からも歓迎されて称賛を受けていた彼が、まさか、まだ周囲から正式な王とは認められていないだなんて。

「で、でも、そんな……」

シリルは激しい動揺を感じた。彼のために自分ができることなら、なんだってしようと思っていたが、想定外の話だ。

この儀式は、山奥で古いしきたりに縛られて暮らす世間知らずのシリルからしても異様で、驚くべき行為だとしか思えなかった。

おそらくだが、国王の誕生日に毎年祈りに訪れる役目の山羊獣人というのは、本来はまず、この王族が成年する際の祝福の儀式のために選び出されたのではないか。その後、続けて誕生日の祈りをする役割を果たすという流れであれば、一人の山羊獣人がそれをずっと務めるという慣わしにも納得がいく。成年前に王位についたラウリーと、彼に選ばれたシリルは、その順序が逆なので、余計に驚きが深く、受け止め難いものがあるのかもしれないと思った。

混乱するシリルを落ち着かせるように、ラウリーはさらに説明してくれた。

「山羊族の村長には、結婚したあとは、シリルは王宮に移り住むという約束も取りつけてある。もちろん、君が村から出たあとも、アルデの村と山羊族には、これまで以上にじゅうぶんな支援をするつもりだ」

この儀式は必須であり、自分が彼に祝福を与えるべきだ、という状況にあることはよくわかった。

今夜から一週間、山羊獣人であるシリルからの祝福を受けさえすれば、ラウリーは真の王として認められる——。

だが、どうしてもまだ、気持ちがついていかない。

「あの……もし……、もしも、この祝福の儀式をしきたり通りに済ませられなかったとしたら……、どうなるのですか……?」

ふと気になって、おそるおそる訊ねる。ラウリーは困ったように笑った。

「そうだな……おそらく俺は、しきたりを重んじる貴族たちから内々に、『不完全な王』だという烙印を押される。王太后の勢力に後押しされたウィンザーが成人する頃には、俺を王座から追い落とそうという動きが出てくるだろう」

元々、第二夫人の息子である彼を受け入れず、王太后の生んだ王子たちを推す一派は、ことあるごとにラウリーに難癖をつけてくるそうだ。

しかもすでに、いつかラウリーを王座から蹴落とし、次男のウィンザーが若くして即位した際のために、王太后以外にも複数人の者が摂政として我こそはと名乗りを上げているという。誰が王となるかは貴族の派閥にとって極めて重大な問題であり、おそらくウィンザーが王位についたほうが、彼らにとっては好都合なのだろう。

王太后のラウリーへの強烈な敵愾心以外にも、平和なのかと思っていた王家内部には、火花を散らすような国王派と王太子派の派閥争いがあるようだ。殺伐とした話を知って、シリルは思わず青褪めた。

「狼族に祝福を与えられる山羊獣人は、互いに生涯ただ一人だけと決まっているそうだ。だから、王となる者は、村の中から、より若く、より美しく、より山羊族の血が濃い者を求める。ウィンザーが今日イラついていたのは、そのせいもある。おそらく、君が俺の内々の婚約者でさえなければ、ウィンザーはもし王位につけるとしたら成年の儀式を迎えるとき、自分に祝福を与える者として、まっさきに君を選びたかったんだろうな」

ラウリーは少し苦い顔で笑って言う。まさか、ウィンザーがそんなことで兄と張り合っていたとは、驚くしかない。

「そういえば、伝承によると、祝福を授けられた王には、山羊族の特別な力が一部分け与えられ、精霊の声が聞こえるようになるらしいな」

何げなく言ったラウリーの言葉に、シリルはぎくりと身を硬くした。

シリルはもう、子供の頃にあったはずの精霊の声を聞く力をなくしてしまっている。だからきっと、自分が彼に祝福を与えても、精霊の声が聞こえるようになることはないのではないか。

——本当は〝きんいろ〟であること。

——そして、精霊の声がもう聞こえないこと。

こんな大切なことを黙っているのは、どうしても反則に思える。それに、伝えるのが怖くて黙っていたとしても、きっといつかはどちらも彼にばれてしまうだろう。

悲愴な面持ちでシリルは顔を上げた。

「あの……ラウリー様……、僕……」

しかし、正直にまず精霊の声が聞こえなくなってしまったことを打ち明けると、ラウリーは意外にも「何も問題はないよ」とあっさり答えた。

「そうなのですか……?」

「ああ、そんなに絶望した顔をしなくて大丈夫だ。もしかして、その声が聞こえるかどうかは、山羊族にとってかなり重要なことなのか？　そもそも狼族は皆、精霊の声など聞いたこともない種族なんだから、もし確認されたとしても、聞こえているふりをすればいいだけのことだ」

痛ましげな顔をした彼に、そっと背中を抱き寄せられて肩を撫でられる。安堵と同時に、シリルの胸にまた困惑が込み上げてくる。

考える時間が欲しかったが、ずいぶんと夜も更けてきた。日付が変わるまであとどのくらいあるのかわからないが、一刻も早く決断しなくてはならない。

「悩ませてすまない、君にどう説明するべきか悩んだ挙句、断られることを恐れて、今日になってから伝えた俺のせいだ」

慰めるように言うラウリーにはシリルを急かす様子はない。彼のことだから、たとえシリルがどうしてもできないと言ったとしても、きっと怒りはしないだろう。

「もし、本当に嫌ならそう言ってくれ。当日に打ち明けておいてなんだが、決して君に儀式を無理強いさせたいわけじゃないんだ。俺が選んだ相手が儀式を拒むのなら、他の山羊獣人を、と言う者はいるだろうが、幸か不幸か、もう今夜ではそれも間に合わないからな」

そう言いながら、なぜか彼はかすかに口の端を上げる。

もしかすると、こんなにも寸前になってから彼が話したのは、万が一自分が拒んだとしても、他の山羊獣人を呼ぶことができないようにと画策したためではないだろうか、とシリルは気づく。

「いまの我が国には内乱もなく落ち着いている。ウィンザーが成長するまでの間に、俺がさらに足場を固めて、無様に王位を追われないように努めればいいだけのことだ」

「で、ですが……」

うろたえながら言ったそのとき、ふいにシリルは、この王宮にはいま、もう一人、彼に体液を与えることができる山羊族の者がいることに気づく。

——リニだ。

ラウリーはまだそのことに気づいていないのだろうか？　そう思うと、シリルの中に唐突に大きな動揺が込み上げてきた。

(でも、リニは駄目だから……)

リニにはおそらくロドニーという想い人がいる。この祝福の儀式の内容をロドニーが知っているかはわからないけれど、もしそれをリニが務めたりしたら、ロドニーとの関係にひびが入る可能性は少なくないはずだ。

他にもラウリーに祝福を与えられる者がいると気づくと、なぜかこれまでに感じたことのない、苦しいくらいの気持ちが腹の奥底から湧き上がってきた。

自分が彼に体液を与えることにも羞恥と躊躇いを感じるが、それ以上に、自分以外の誰かがラウリーにそうすることのほうが、もっと嫌だと気づいたのだ。

(僕がやらなくちゃ……)

シリルは必死の思いで自分に言い聞かせた。

自分は、内々にとはいえ彼の婚約者なのだ。しかもラウリーは、この儀式が終われば結婚して、正妃に迎えるとまで言ってくれている。

あとはシリル自身が余計な恥じらいを捨てればいいだけのことなのだ。

必死に勇気を出そうとしているシリルを見てどう思ったのか、そっとシリルの肩を撫でると、ラウリーはなぜか立ち上がった。

「……少し、考える時間が必要だろう？　俺は居間にいるよ」

そう言って、彼は部屋を出ていこうとする。

「ラ、ラウリー様、待ってください……っ」

急いで寝台から下りると、シリルは階段に向かおうとした彼を呼び止める。

足を止めたラウリーが振り返り「どうした？」と言ってこちらに戻ってくる。

通路の真ん中で、シリルは自分の手をぎゅっと握りしめる。

目の前にいるラウリーは、急かすことはせず、とっさに追いかけてきたシリルが言いたいことを纏められるまで待っていてくれる。

足元に落とした視線には、ランプの明かりに照らされた濃く艶やかな色の床板が映る。

少しの間のあと、ようやく羞恥を振り切って覚悟を決めると、シリルは震えそうな唇を開いた。

「僕……正直に言うと、心の準備はまだできないんです……。でも、それがラウリー様が正式な王として認められるために必要な儀式なら、どうか、僕に務めさせてください」

「……本当に？」

ラウリーが信じ難いというように確認してくる。シリルはまだ混乱したままの頭でこくりと頷いた。

「でも、その前にひとつだけ、お願いがあるんです」

「なんだ？　望みがあるならなんだって言ってくれ」

鷹揚に促されて、シリルは切実な気持ちで彼を見上げた。

一瞬躊躇ってから、思い切って訊ねる。

「あの……その祝福の儀式が終わったあと、本当に、僕を伴侶にしてくださるのですか……？」

「そうだ。君が頷いてくれるなら。周囲の貴族たちにも、すでにだいたいのところの根回しはしてある。皆、この結婚に同意してくれるはずだし、前王の承認もある。王太后も表立っては反対できないから、大丈夫だ」

ラウリーは真剣な眼差しで答えてくれて、ホッとする。シリルは勇気を振り絞って続けた。

「僕は……もし、あなたの元に嫁いだら、どうしても、他のお妃様に嫉妬してしまうと思うんです」

おずおずとシリルが話し出すと、ラウリーがかすかに目を瞠る。

「我儘なお願いだと、よくわかっています、でも僕は、どうしても、誰かを憎んだり、争ったりしたくはないんです。だから、ラウリー様が、いつか他に、第二夫人や第三夫人を迎えられたとしても、どうか、僕にはそれを知らせずにいてくださいませんか……？」

シリルは震える声を絞り出して、必死の願いを口にした。

この国の定めでは、国王は正式に第三夫人まで迎えることができる。妃として娶るのでなければ、もっと多くの愛人を囲うことも可能だ。それは、当然のことながら、レーンフェルト王国を代々支配してきたヴォルフ王家の強い血統を保つためのしきたりだ。

歴史書を捲るまでもなく、前王は第二夫人を迎え、それ以前の王も複数の妃を得たり、愛人を持つことが当然だった。

だからきっと、ラウリーもまた、自分と結婚したあと、他に複数の妃や愛人を迎えるだろう。

国王の座につき、国を守り、一族を繁栄させていくという義務を背負った彼に、『他の妃の存在を知りたくない』などという自分の幼い願いが、とても身勝手なことだというのは、シリル自身にもよくわかっている。

それでも、第二夫人どころか、祝福を与えるこの儀式を他の誰かがすると考えただけで、目の前が真っ暗になった。そんな自分が、ラウリーが他の誰かを愛することに耐えられるとは到底思えない。

これまで、彼はシリルだけを一途に見つめ続けてくれていた。そのせいか、恋心を抱いても嫉妬をした経験はなく、つい先ほど、シリルは生まれて初めて、独占欲というもやもやとした苦しい感情を知ったばかりだ。

――ラウリーが他の誰かに触れるのは、どうしても嫌だ。

心の準備ができていなくても、祝福の儀式は滞りなく終えるようにちゃんと務める。彼が周囲から名実共に正式な王と認められるように。

だからその代わり、他の誰かを愛したことは、どうか自分には隠したままでいてほしい。

黙ったまま聞いているラウリーは、かすかに驚いたような表情をしている。

幼い頃に婚約が決まったが、シリルは彼が王族だから好きになったわけではない。一目会ったときから惹かれ、幼い頃からずっと彼の訪れを心の支えにして暮らしてきた。恋や愛という言葉の意味もわからないうちから、ラウリーだけを想って成長してきたのだ。

ラウリーと共に生きていきたいが、誰かを恨んだりはしたくない。

彼の母は、前王に強く望まれて第二夫人に迎えられ、王太子である彼を生んだが、正妃から激しく憎まれて心を病み、早々と天に召されてしまったそうだ。だからこそ、シリルはラウリーを想うがゆえに、誰かを彼の母のように苦しめることだけは、ぜったいにしたくはない。

シリルが切実な願いを口にしたあと、しばしの間、ラウリーは無言だった。

身を硬くしてうつむいていると、ふいに大きな手がシリルの頬に触れた。頤を撫でられ、そっと持ち上げられる。

「心外だな」

降ってきた彼の言葉に、おそるおそる視線を上げかけると、ふと顔に影が差した。突然、やや荒っぽく唇に唇を押しつけられて、シリルは息を呑む。

「ん……っ」

熱くて柔らかな彼の唇が、シリルの薄くて小さな唇を覆う。

額や頬には何度もされたが、唇を触れ合わせるのはこれが初めてだった。生まれて初めての口付けに、シリルの心臓は壊れそうなほど速く鼓動を打ち始める。熱い唇が、啄むようにシリルの無防備な唇を甘く吸い、焦れたようにまた押しつけられる。

やっと唇が離れても、彼はシリルを離さず、間近から睨むように見つめてくる。

これまで不機嫌な顔などほとんど見せることのなかったラウリーは、珍しく片方の眉を上げ、何か納得がいかないとでも言いたげな表情を浮かべている。

自分勝手な願いを申し出たと不快に思われたのかもしれないし、もしかしたら、国王の婚約者の資格もないと呆れられてしまったのかもしれない。

こんな我儘を言う者とは結婚などできないと言われて、婚約を解消されても仕方ないだろう。考えれば考えるほど、シリルが消えてしまいたいような気持ちになっていると、ようやく彼が口を開いた。

「なぜ、俺が他に妃を娶るなどと思ったんだ？」

「そ、それは、だって、……代々の国王陛下は皆、何人かの……」

悲壮な表情でシリルが答えかけたとき、いっそう顔を近づけられて、じっと目を覗き込まれる。熱を感じさせるほど真剣な目で、彼は言った。

「父や歴代の王たちと俺は違う。いったいなんのために、この年になるまで愛人の一人も作らず、淫らな遊びにも興じずにきたと思う？」

やや苛立ったような声音で問い質されて、シリルは困惑した。

「それは、幼い頃に出会い、心底好きになった相手が、まだ子供だったから……そして、その相手以外は、誰も欲しくなかったからだ」

それは誰のことかとうろたえそうになったあと、ふと、思い当たる人物に気づき、シリルは目を瞬かせる。

「そうだ。シリル、君のことだ」

はっきりと言い切ったラウリーに、シリルは思わず目を瞠った。

「世の中から隔絶された山深い村で大切に守られてきた純粋な君は、他に妃のいる国王など、決して受け入れられないだろうとわかっていた。そもそも、たとえ君が受け入れたとしても、俺自身が、他の誰かに気持ちを向けるような余裕などないんだ」

そう言うと、ラウリーは呆然としているシリルの唇に、もう一度唇を重ねてきた。両手で頬を包むと、今度は優しく唇を啄んですぐに離し、またやんわりと触れてくる。合間にそろりと熱い舌で唇を舐められて、不思議な痺れがシリルの躰を駆け抜けた。

シリルを仰のかせて額を擦り合わせ、小さく口の端を上げると彼が言った。

「はっきりと言葉にしないとわからないようだから、伝えておく。俺は、君以外の妃を娶ることはしない。孕める雄だと聞いてはいるが、結婚後、たとえ子に恵まれなかったとしても、三人も弟王子がいるから跡継ぎについては問題ない。どのようなことがあっても、我が父や先代の国王たちのように、他の妃や愛人を迎えるつもりはない。生涯、君一人だけを伴侶として愛することを誓う」

「ラウリー様……」

まさか彼が、こんなふうに明確に誓いを立ててくれるとは思ってもいなかった。

無理なことだと知りながらも、どうしても受け入れられず、切実な気持ちで願ったことだったのに、彼はシリルが望んだ以上の想いを返してくれた。

まるで夢でも見ているかのようだ。

想いを込めた口付けに酔わされ、ぼうっとしたせいで、ずっと被ったままでいたガウンを握る手から力が抜けて、するりと頭から落ちる。ハッとして慌てたが、もう遅かった。

目の前にいる彼の視線が、シリルの頭の上の山羊耳に向けられる。

「これは……」

その目が驚きでかすかに見開かれ、シリルに触れている彼の体がわずかに強張るのを感じる。

本当のことを言わなくてはと、シリルは震える唇を開いた。

「いままで、事情があって黙っているしかなくて、本当にごめんなさい……僕の毛の色は、金色なんです……」

ラウリーはまじまじとシリルの山羊耳を見つめ、どこか愕然としたように言う。

「本当だ……」

シリルの金色の山羊耳と髪の毛を見下ろしながら、ラウリーは混乱した表情になった。

「……なぜ、こんな大切なことを、これまで隠していたんだ？　最後に我が国に金の子山羊が生まれてから、実に五百年以上も経っている。このことを伝えれば、国中が大騒ぎになるだろう。間違いなく、君は誰からも崇められる存在になるんだぞ？」

怒るというより、わけがわからないといった様子でラウリーが訊ねてくる。

「厳しく口止めされていて、どうしても言えなかったんです……僕には選択肢はなくて……、ずっと、山羊族だけの秘密にするよう決められていたから」

問い質され、シリルは自分が生まれてすぐに起きた拉致未遂と放火というふたつの恐ろしい事件と、それによって一族が下した決断のことを彼に打ち明ける。

「……だから、ずっと頑なに山羊耳を見せずにいたんだな……隠し続けるのは大変だっただろう？　せめて、俺にだけでも伝えてくれれば、もっと早く、安全を得るためにあらゆる手だてを講じたのに」

どこかもどかしげな彼に、シリルはごめんなさい、ともう一度謝った。

「いや、すまない、責めたいわけじゃないんだ。君に伝える自由はなかったというのも、よくわかる。だが……ああ、なんてことだ、シリル。君が金色なら、俺たちの間には何ひとつ障害なんてない！　大神官も貴族も、あの王太后ですら、もろ手を挙げて結婚に大賛成するだろう。

それに、この祝福の儀式を済ませれば、俺は正式な王として認められ、同時に、厳重な警護をつけずとも、君の一族が懸念し続けてきた危険をも払拭できる」

シリルがきょとんとすると、ラウリーは説明してくれた。

結婚して王の伴侶となったシリルは、純潔を失う。『不老不死を与える』『幸運を授ける』といわれているのは、昔から〝純潔の〟金の子山羊の肉なのだという。だから、彼が正妃となれば、たとえ金の山羊獣人だということが周辺国に広く知れ渡ったとしても、もう彼を〝きんいろ〟だからとむやみに欲しがる輩はいなくなるはずだというのだ。

また、もしそれでも構わずに彼を狙う者がいたとしても、王の妃として王宮で暮らすようになれば、村で暮らすのに比べて、危険は格段に排除できるはずだ。

「いいことずくめだろう？」

ラウリーはそう言っていかにも嬉しそうに破顔する。

シリルは、すんなりとシリルが隠し続けてきた事情を受け止めてくれた彼の心の広さに驚くとともに、深い感謝の気持ちを感じた。ずっと毛色を欺かれてきたのに、シリルの置かれていた境遇を理解し、わずかも責めることなく許してくれた。それどころか――結婚に障害がなくなったことをこんなにも喜んでくれるなんて。

ひとしきりシリルを抱き竦めたあと、腕の力を緩めた彼が「さあ、この可愛い山羊耳をもっ

とよく見せてくれ」と囁く。

もう隠す必要は何もなく、どうぞというようにシリルは頭をうつむかせた。

「……触ってもいいか？」

訊ねられて、こくりと頷く。すると、まるで宝物に触れるかのような恭しく、丁寧な手つきで、彼はシリルの頭に生えた山羊耳をそっと撫でた。

ずっと隠し続けてきた金色の被毛に包まれた山羊耳が、ぴくんと震える。

少し身をかがめたラウリーがその耳を手に取り、羽毛で撫でるみたいに優しく口付けた。

「ん……っ」

獣耳は、基本的にはよほど親しい者以外は触らないようなところなので、極めて感覚が鋭敏な場所だ。しかも、シリルは多くの時間を帽子や布で覆い隠し、自分ですら触れずにきたので、いっそう獣耳が敏感なようだった。

特別な相手にしかしないような親密な行動が嬉しくて、胸がもぞもぞとくすぐったいような気持ちになる。

シリルはラウリーのことが大好きだ。彼は特別な人だと深く実感している。だから、どこに触れられても嫌ではない。

それどころか、むしろ――。

シリルの山羊耳を愛しげに撫で、指で優しくこねて弄ぶようにしながら、彼がその耳に幾度も口付けを落とす。両方の獣耳にさんざん触れられ、甘噛みされて「ひゃ……っ」と声を漏らし、ぶるっと震えが走る。

「とろんとしているのは可愛いが、ちゃんと聞こえているか？」

夢見心地のまま、ぎくしゃくとシリルは頷く。

「そうか、ならよかった。そうだ……そもそも、君が心配すべきは、俺が他の妃を迎えることなどではないからな」

いったい、何を心配すべきなのか。敏感な山羊耳を弄られまくり、シリルが潤んだ目を瞬かせると、ラウリーが言った。

「この特別な儀式のことを知ってから、祝福を与えられるなら君がいいと、ずっと決めていた」

そう言われて、シリルは目を瞠る。

「長い間、口付けすらも我慢してきたんだ。やっと、こうして君に触れても許される日がきた。待ち望んでいたこの日に、『妃は自分だけにしてほしい』などと潤んだ目で可愛いことを言われて、その上、君は元々、俺と結ばれる運命にあった金の子山羊だったということまでわかったんだ。これ以上、我慢できる者はいない」

熱い息を吐きながら、ラウリーは今度は強く唇を押しつけ、シリルの敏感な下唇を甘く吸い上げる。しばらく熱っぽい口付けを続けられて、躰の熱が上がっていく。

「狼族の性欲は生半可なものではない上に、つがいへの愛情と独占欲も果てしない。だが、今更、俺の欲情を受け止め切れず、『どうか第二夫人を作ってほしい』と泣かれても無理だ」

ぼうっとして聞くシリルに鮮やかに微笑み、彼がじっと目を覗き込む――琥珀色に輝くその目は、好物の獲物を捉えたオオカミのものだ。

ただ見つめられているだけなのに、怯えとも興奮ともつかないもので、ぶるりとシリルの躰は震えた。

「君は、俺が九歳の頃から好きだった相手だ……覚悟してくれ」

そう言うと、彼はもう一度かぶりつくような情熱的な口付けで、シリルの唇を塞いだ。

「ん、ん……っ」

キスをされながら、大きな手で躰をまさぐられる。拒むつもりはないのに、緊張で躰が自然と強張ってしまう。シリルの緊張が伝わったのか、ラウリーが苦笑して困ったように言った。

「そんなに怯えないでくれ、痛いことも怖いことも何もしない……俺が信じられないか？」

シリルは慌ててふるふると首を横に振る。

「い、いいえ、ずっと信じています」

必死にそう言うと、彼が動きを止めた。

濃厚な口付けをされているうち、勝手に躰が後退り、いつの間にか背中が壁に触れている。

壁際まで追い込まれたシリルは、大きな手で頭を抱え込まれ、熱を込めたキスをされて、頭がぼうっとするのを感じた。

もう一度ちゅっと軽く唇を吸うと、「ありがとう」と彼が耳元で囁く。

二階の通路で立ったまま、上質な寝間着の上を捲られる。

小さな淡い色をしたシリルの乳首は、怯えているからか、わずかにぷくんと尖っている。そこをやけにまじまじと見つめたあと、ラウリーはシリルの寝間着のズボンの腹部分で結んだ紐に手をかける。しゅるりと紐が解かれ、とっさに下腹部を手で覆おうとすると、「汚すといけないから、裾を持っていてくれ」と頼まれる。寝間着の上の裾を掴まされ「ここでだ」と言われて、乳首の上まで捲り上げたまま、掴んでいるように命じられた。すぐに寝間着のズボンが下穿きとともに足元に落ち、胸元から下半身までもがあらわになってしまう。

ラウリーがその場に膝を突くのを見て、ハッとした。

「あ、あの……儀式は、ここで、するのですか……？」

「そうだ。場所を移動しているうちに、また逃げられたら困るからな」

かすかに笑みを含んだ声で彼が言う。

逃げたりなんかしない、と言いたかったけれど、先ほど勝手な思い込みで脱兎のごとく逃げ出し、庭園の中を半泣きで彷徨って捕獲されたばかりの自分には、何も言えない。

やむなく、膝を突いた彼の目の前に、恥ずかしい姿を晒すしかなくなった。

「ここは、髪より少し濃い色なんだな」

まじまじと眺めてくる彼の目には、通路の頼りないランプの明かりに照らされた、シリルの胸元から下腹部が映し出されている。

孕める雄のためか、シリルの性器はあまり大きくない。薄いピンク色の小ぶりな茎はすんなりしたかたちをしていて、根元には暗めの金色をした翳りが、ごくわずかに生えている。

体格は細身でも、もうほぼ大人と同じくらいの背丈はあるのに、未熟な性器が恥ずかしい。ちょうど見下ろす位置にあるそれを、そこまで必要なのかと疑いたくなるほどじっくりと眺めたあとで、ラウリーが囁いた。

「可愛らしいな……さっきの口付けで、興奮してくれたのか？」

そう言われて慌ててそこを見下ろす。言葉の通り、シリルの性器は頭をもたげ、半ば勃ち上がってしまっているではないか。

「ち、違うんです、これは……っ」

羞恥のあまり、寝間着を捲っていた手を下ろし、急いでそこを隠そうとすると、「隠すな」と言われて動けなくなった。

それから、ラウリーはシリルの臍の横にそっと唇を押しつけた。

「恥ずかしいことじゃない。俺は君の婚約者で、これから君のすべてを知る唯一の者だ。結婚すれば、毎夜つがうことになる。どうか隠さずに見せてくれ」

そう囁きながら、彼が唇を下へとずらしていく。

「え……、あ、ま、待って、そんな……っ」

ラウリーがシリルの下生えにキスをして、それから、やや昂った性器の根元を指で摘み、先端に口付ける。その様子を見て、シリルは愕然とした。

まさか、彼がそうして体液を得るつもりだとは考えてもいなかったのだ。

「ラウリー様、ぼ、僕、その……、自分で、しますから……」

必死に訴えたが、ラウリーに「駄目だ。俺にさせろ」とあっけなく却下されてしまう。

「ああ……っ！」

上向かせた性器の根元から先端までを舌でべろりと舐め上げられる。感じたことのない刺激に、思わずシリルはぶるっと身を震わせる。

狼獣人であるラウリーの舌は熱くて、しかもやけに長い。

その舌でシリルの小さな性器をねっとりとしゃぶりながら、彼が熱っぽく囁く。

「もう先走りの蜜をこんなに垂らしている……気持ちがいいんだな」

「あう……」

嬉しげに言うラウリーが、舌先ですっかり上を向いたシリルの性器の先端を優しく舐める。

くちゅっという音がして、ぬるぬるとした感触がたまらなく気持ちがいい。

性器を人に見られることも、舌で舐められるどころか、手で触れられることすらも、シリルにとっては何もかもが生まれて初めての経験だ。

「は、あ……っ、あ、ぁ……」

混乱と動揺の中で、背中を壁にもたれさせ、足を震わせながら、ただ必死で寝間着の裾を握りしめて喘ぐことしかできない。

「もっとよくしてやる」と口の端を上げたラウリーが、シリルの性器の先端を口に入れ、根元までをすっぽりと呑み込む。

「ひぁっ！　あ、あっ！」

裏筋を舌で覆い、ややきつめにジュッと音を立てて全体を吸い上げられると、衝撃的な快感がシリルの全身を貫いた。

山羊耳が伏せて頭の横にぺたりと張りつく。短い尻尾をきゅっと尻に伏せ、躰をがくがく震わせながら、シリルは否応なしにラウリーの口の中で達する。

ごくり、と音がして、彼がシリルの出した蜜を飲み込んだのがわかった。

「あう……」

涙で目を潤ませ、胸を喘がせながら、必死で壁にもたれる。

どうにかしゃがみ込まずにいられたのは、ラウリーの逞しい腕がシリルの腰に回され、しっかりと支えてくれていたからだ。

強烈な余韻の中にいるシリルの性器から口を離さず、ラウリーはまだ熱心に柔らかくなったそこに舌を這わせている。そうされていると、もう達したというのに腰の奥がむずむずして、また熱が溜まりそうになるのが怖かった。

「ラ、ラウリー様、もう、放してください……」

必死に言って、彼の肩をなんとか押し退けようとしたが、がっしりとした躰はびくとも動かない。

ようやくそこから唇を離すと、ラウリーがぼそりと呟いた。

「なんと、甘い……」

「え？」

「山羊獣人の出す蜜は極めて甘く美味だというのは、確かに伝承の本にも書き記されていたのだが、まさか、事実だったとは……」

（僕の精液が……甘くて、美味……？）

どこか陶然とした様子で言いながら、彼は萎えたシリルの性器に再び舌を這わせる。見ると、彼の頭の上の獣耳はぴんと立ち、いつもは穏やかな優しい光を湛えている目は、いまは完全に発情してギラギラとした熱っぽい色を帯びている。

「もう一度、味わわせてくれ」

「え……ええっ⁉」

熱に浮かされたみたいにそう言うが早いか、彼は仰天するシリルの性器をもう一度根元まで深々と口中に収める。驚愕して息を呑み、シリルが身を捩らせて抗う前に、先ほどよりさらに激しく熱心にそこをしゃぶり始めた。

「やっ、まっ、待ってください、ラウリー様！」

じゅぷじゅぷという淫らな音を立てながら、先端のくびれから根元まで執拗にしゃぶられる。

「待って、お願いで……ん、ん、あぁっ、あぁんっ！」

顔を熱くして必死で逃れようにも、臀部に逞しい腕を回してがっちりと掴まれている。力の差は歴然としていて、どうあがいてみても、嫌がってもがいても、シリルはもぞもぞと身を捩ることしかできない。

もう今日の儀式は終わった。一度だけ与えれば、これ以上の口淫など不要なはずだ。いますぐに舐めるのをやめてもらいたいのに、彼はシリルのそこから口を離さず、それどころかじゅーっと音を立て、よりいっそうきつく吸い立ててくる。獣が捕らえた獲物を最後の一滴までしゃぶり尽くすときのように、執拗に。

「い、いや、だめです……っ、ラウリー様……っ」

呼吸もままならないほどの快感に翻弄され、先端の孔を尖らせた舌先で執拗にぬるぬると擦られながら、さらには根元を唇できつく締めつけられる。同時に、敏感な裏筋を熱い舌でねっとりと擦られては、たまらない。

「あうっ、そんなっ、激し……っ、う、うっ」

一度達した体にもう一度火をつけられるのはあっという間だった。再び昂ったシリルは、完全に発情して我を忘れたラウリーに求められるがまま、二度目の蜜を搾り取られる。

二回出し切ると、もう立っていることすらできなくなってその場にへたり込む。背中に腕を回されてしっかりと躰を支えられ、シリルは床にぐったりと横たわる。その躰を、上からのしかかってきたラウリーが荒い息のまま強く抱き締めてくる。

――儀式の一夜目。

我を忘れたようなラウリーに一滴残らず精を啜られて、半ば失神するようにシリルは意識を失った。

＊

翌日の日中、別棟にいるシリルのところへ、リニが会いに来てくれた。

「ご無事で何よりでした。昨日は突然泊まることになったと王宮の使用人が知らせに来たから、何かあったのかと心配していたんですよ」

困惑顔だったリニは、シリルの顔を見るなり安堵の息を吐く。

やはり彼は、昨夜行われた特別な祝福の儀式については、シリルと同じように何も知らなかったようだ。

「王宮で別れたあとは、与えられた部屋でシリル様のお務めが終わるのをずっと待っていたのですが、これまでの誕生日の儀式に比べると、ずいぶんと遅いなあと不思議には思っていたんです。そうしたら、日が暮れてから使用人がやってきて『シリル様は今日、別棟にお泊まりになります』と伝えてきて」

それでも、翌日には帰れるのだろうと思い、リニはすんなり納得して、昨夜は与えられた部屋で休んだ。しかし今朝、また同じ使用人がやってきて『シリル様は一週間ほど別棟に滞在されることになりました』と言うからにわかに不安になったらしい。

「熱でも出たのかと慌てて訊ねると、そういうわけではなく、国王陛下のご要望だと言われて……こうしてお顔を見るまで、ずっと気が気ではなかったんです」

リニの説明を聞くと、彼が困惑するのももっともだ。シリルは申し訳ない気持ちになり、飲みかけのティーカップを手で包むとうつむいた。

「心配させてごめんなさい。……実は僕も、泊まる必要があることは、昨日初めて知らされたんだ」

午後の柔らかな日射しが入り込む別棟の居間で、シリルはリニとテーブルを挟んで向かい合わせに座っている。茶と焼き菓子は、先ほどサシャが運んできてくれたものだ。

そして、昨夜と今朝、リニのところに知らせに行ってくれた使用人というのは、どうやらサシャの弟だったらしい。

王宮では多くの使用人が働いているけれど、ラウリーはシリルの世話をする者を選び抜いてかなり絞っているらしい。サシャ兄弟の母は、元々はラウリーの母に仕えていた忠実な使用人だったそうで、その息子たちも同様に信頼が置ける人柄のために、シリルと関わる仕事を任されたようだ。ラウリーはシリルが内々の婚約者であることや、特別な毛色をしていることを口止めした上でサシャに説明してくれたので、シリルはこの別棟の中ではもう帽子や布で山羊耳を隠さずにいられるようになった。

やっと表情を緩めたリニは「それで、いったいなんのご用でこちらに一週間も滞在することになったのですか？」と訊いてくる。

どう説明していいものか、嘘が苦手なシリルはしどろもどろになった。

リニになら本当のことを話してもいいのだが、一般には明かされないヴォルフ王族と山羊族の一部の者だけしか知らない儀式のようであることと、その方法が方法だけにとても言い辛い。

「それは、その……ええと、昨日行った成年の儀式の一環でね……」

一週間続けて行わなければいけない、非常に重要で、決して外せない儀式があるのだ、ということをなんとか伝えると、難しい顔をしながらも、リニは一応納得してくれたようだ。それどころか、「シリル様も、儀式続きで大変ですね」と、神妙な面持ちで、シリルを思いやる言葉までかけてくれる。

「一週間で帰れるのであればいいのですが、留守にするつもりはなく出てきてしまったので、裏庭の菜園の世話を誰かに頼まなくてはなりません。今日、村に使者を送ろうと思っているので、シリル様も何かありましたら一緒に伝えさせますよ」

「そうだね、うーんと、あっ、子ヤギたちと遊ぶ約束をしちゃったから、もしかしたら帰りを待って家の周りをうろうろしてるかも……おやつをあげて、一週間後には帰るよと謝っておいてもらえるかな？」

シリルが可愛がっている子ヤギたちのことを頼むと、リニは微笑んだ。

「わかりました。厩舎の者に伝言させます」

ホッとして、何げなく服の胸元に触れたとき、思い出したことがあった。

「そうだ……それと、僕、実は村長様からいただいたあのお守り袋をなくしてしまったみたいで……」

別棟中を捜したが見当たらなかった。おそらく、昨夜、庭園を走ったときに、寝間着の下に下げていた紐が切れてどこかに落としてしまったのだろう。

その話をすると、リニは頷いた。

「村に戻ったら、王宮から帰る途中でなくしてしまったなどと適当に伝えれば、また作ってもらえますよ」

「でも、急いで作ってもらわなくても大丈夫かな……？」

お守り袋は、肌身離さず持っておくよう言われていたから、なくしたなどと言えば村長の機嫌を損ねてしまいそうな気がして不安になった。

だが、心配するシリルをよそに、リニはあっさりと「気にしなくて大丈夫だと思います」と言う。シリルが目を丸くすると、彼は少し言い辛そうに笑った。

「実は私……お守り袋に入っている香草の匂いがあまり好きじゃなくて、もうずっと、村長が作ってくれたものは身に着けておりません」

「そうだったの？」

それは初耳だ。確かに、少しばかり癖のある渋めの香りなので、好みは分かれるかもしれないが、シリルは苦手というほどではない。

「なんだか、あの香りをずっと嗅いでいると、足元が少しふわふわするというか……物覚えが悪くなったりする感じがしませんか？」

「うーん、特には感じないけど……でも、聖殿で炷かれている香はかなり香りが強いから、ちょっとぼんやりすることはたまにあるかな……」

とはいえ、心が落ち着く香りだと言われていたから、そんなものなのだと思って、あまり深く考えたことはなかった。リニは綺麗好きで比較的潔癖なたちだが、シリルは細かいことはあまり気にならないので、もしかしたら彼が普通で、自分は匂いに鈍感なのかもしれない。

シリルが考え込んでいると「だから、申し訳ないですけど、私はお守り袋をもらったら、マーリオに頼んで、中身を別の薬草に替えたものを新しく作ってもらっているんです。それでも何も問題はないですし、あのお守り自体、気休め程度のものですよ。だいたい、神の生まれ変わりとされているシリル様に、私たちと同じただの山羊獣人で、司祭だというだけの村長が作ったお守りを持たせるなんて、少々不遜じゃないですか？」

あっけらかんと言い切られて驚いたが、リニの肝の据わり具合には思わず笑ってしまう。

なぜかリニは以前から、皆から敬われている村長とはどこか一定の距離を置いて接しているように思えていた。とはいえ、ここまで辛辣に言うことは滅多にないので、どうしたんだろうとシリルは内心で首を傾げた。何かあったのかと訊ねる前に、リニが微笑んで言う。

「もし、お守り袋をなくしたことで村長に叱責されそうでしたら、村に戻り次第、しまっておいた私のお守り袋をお渡ししますから大丈夫ですよ」

そう言われて、シリルはようやくホッとして、ありがとうと頷いた。

「……テオレル様は、シリル様には本当に厳しくて、あれこれとしつこく決まりを言いつけますよね」

少し同情するようにリニに言われて、シリルは小さく笑う。

「そんなことないよ。それに、ほら、いまみたいにいつもリニが助けてくれるから、村長様に呆れられずに済むことも多くて助かっているし」

テオレルは礼儀を非常に重んじるたちだが、シリルが何か失敗しても、怒鳴り声を上げたり、体罰を与えたりなどは決してしない。ただ、決まりごとにはかなり忠実で、もしそれを破れば冷ややかな目で見つめられ、凍りついたように冷淡な態度になる。

若くして村長の地位についた上、年上の村人たちを纏める必要に駆られ、ああいった几帳面で規律を重んじる性格になるしかなかったのだろう。

雑談の合間に、シリルは声を潜めて、実は昨夜〝きんいろ〟であることがラウリーにばれてしまったこと、そして、ラウリーが改めて想いを告げてくれたことをそっとリニに打ち明ける。

すると、いつも冷静なリニは、珍しく目を真ん丸にして頬を紅潮させ、シリルが驚くほど感激した様子で喜んでくれた。

「では……結婚後は、ようやく村から自由になれますね」

涙ぐんで言うリニに、感慨深くうんと頷く。かなりぼんやりなシリルは、村長の指示には特に異論を感じることもなく、これまではできる限り従ってきたが、ラウリーと結婚して王宮に移り住んだあとは、もう村の決まりに従って暮らす必要はなくなる。そう思うと何だかホッとした。そして、とうとう、ラウリーと毎日、共に暮らせるようになるのだ。まるで夢みたいで、まだ実感が湧かなかった。

しばらくこれからのことを話したあと、リニが少し困った顔で漏らした。

「本当はここでも私がお世話したいところなのですが、別の使用人をつけているから心配はいらないと断られてしまいまして……何かしたいのですけど、王宮では客人扱いしてくださっていて、あれこれと気遣われるばかりで、むしろ落ち着きません」

金の子山羊でなくとも、山羊族の者はこの国では大切に扱われている。その一族である彼を、まさか王宮で使用人として働かせるわけにはいかないのだろう。

シリルとしても、できることなら、いつものようにリニにそばにいてもらいたいけれど、村と王宮とでは様々な勝手が異なる。別棟を取り仕切っているサシャが細やかに気を配ってくれるのを無下にするのも申し訳なかった。

「リニは働きづめだから、休暇だと思ってゆっくりしてよ。王宮の庭園はとても見事だし、散歩してみるのもいいかも」

そう言うと、彼は「そうですね……そうしてみます」と緊張した面持ちで頷く。

シリルも一緒に行けたらいいのだが、昨日、〝きんいろ〟であることを知られたラウリーから、念のため、自分が不在のときには極力別棟から出ないようにと言われている。

「日中なら会いに来てもいいそうなので、また明日の午後に伺いますね」

「うん、待ってる」

少し名残惜しそうに頭を下げ、リニは別棟をあとにする。

見送りがてら、玄関ホール脇の小窓に立って外を眺めていると、石造りの階段を下りたリニが、堀にかかった橋を渡る後ろ姿が見える。先導する軍服姿の狼獣人は、どうやらロドニーのようだ。彼がついていてくれるなら、リニのことは心配いらないだろうとホッとした。安心して客間に戻りながら、シリルはふと思った。

（王宮に嫁ぐときには、リニにも一緒に来てもらえないかな……）

おそらく、シリルが引っ越すときには、ラウリーのもとから遣わされたロドニーとレンスも王宮に配属となり、アルデの村の警護には他の狼獣人がつくことになるだろう。

できることなら、リニにはこれからもずっとそばについていてもらいたい。王宮に住めば、きっとロドニーとも会いやすいだろうし、そのほうがリニも喜ぶのではないだろうか。

（今度、結婚後の話が出たときにでも、ラウリー様に頼んでみよう……）

与えられた客間に戻り、シリルは小さなため息を吐いた。

先ほどリニを見送りながら目に入った別棟の入り口には、狼族の警護の者が一人立っていた。もう一人、辺りを見回っている様子の警護の者とそばにいるオオカミは、いつも警護してくれるレンスとその手下のようだ。

今日からこの別棟には、ラウリーが出かけたあとも、狼獣人の警護がロドニーたちを含めて常時三、四人つけられることになった。それはもちろん、シリルを守るためだけれど、同時に、彼が昨夜のように勝手に逃げ出したりしないようにという警戒のためでもある気がしたのだ。

外に出たいときは、夜にラウリーが戻ったあとで言えば、庭園に出られるように手配してくれるという伝言もサシャから伝えられている。だが、普段から村の中で暮らし、ごくたまに山を散歩することが許されるだけの日々を送ってきたシリルにとって、一週間程度、この建物から出ずに大人しくしていることくらいなんでもない。

シリルは広い寝台の端にぽすんと腰を下ろす。

昨夜、意識を失ったあと、ラウリーはシリルを客間の一室に運んでくれた。体も綺麗に拭かれ、寝間着もちゃんと着ていたのは、おそらく彼が手ずから世話をしてくれたのだと思うと、羞恥のあまり、シリルはどうにかなってしまいそうだった。

そして朝、目が覚めたときには、すでに別棟にラウリーの姿はなかった。あとからサシャに聞いたところでは、彼は朝早く大神官と面会し、それから政務のために王宮に向かったそうだ。

枕元には手紙が置かれ、庭園から切ってきたばかりらしい瑞々しい花が一輪添えられていた。内容は、『自分は夕方まで戻れないが、必要なものはなんでも揃えさせるからサシャに言ってほしい、午後にはリニが別棟に会いに来られるように許可を出しておくので、それまでゆっくり休んでくれ』という、シリルを気遣うものだ。

ただ、その手紙の冒頭は『愛しい俺の子山羊、シリルへ』となっていて、シリルは驚きと動揺で顔が真っ赤になり、手紙の内容がなかなか頭に入らなかった。

ラウリーが大神官に会いに行ったのは、祝福の儀式の一日目が無事に済んだことを報告するためだろう。

儀式はあと六日もある。それが恙なく終われば、ラウリーはシリルを王宮に移住させて正式に婚約し、その事実を公にして、式への準備を早急に進めようと言ってくれた。

（でも、まさか……儀式とはいえ、直接……、舐められて、しかも、そのまま…………飲まれちゃうなんて……）

昨夜のことを思い出しただけでも、どうしようもないくらい顔が熱くなって、湯気が出そうなほどだ。

儀式の必要性を聞いたときには、もっと前から説明してくれれば心の準備もできたのにと思っていた。けれど、実際に一夜目が終わってみると、ラウリーがどう打ち明けるかを悩み、結局、誕生日の当日になってしまったのもやむを得ない気がした。

だが、これでラウリーはすべての者に認められ、正真正銘の王になれるのだ。ならば、自分も彼のためにせいいっぱい務めるしかない。

けれど、体液を与えるにしても、あのあり得ないほど淫らなやり方以外にも方法があるはずだ。今日彼が戻ってきたら、そのことを提案してみよう。

とにもかくにも、この儀式を無事に終えなくてはならない。

大好きなラウリーのために——そして、自分自身と山羊族のために。

（頑張らなきゃ……）

火照って仕方ない顔で、シリルは決意を新たにする。

だがその夜、固い決意を早々と揺るがすような出来事があった。

予想外の時間に居間に入ってきた彼を見て、シリルは目を丸くする。

「ラウリー様、お帰りなさいませ」

サシャがもうじき夕食だと言うので、居間に下りて本を読んでいたシリルは、驚いて慌てて立ち上がる。遅くなるはずだったラウリーは、なぜか夕暮れ時には早々と別棟に戻ってきた。

「ただいま、シリル」

今日は来客があり、国王陛下は何時に戻るかわからないと聞いていたので、まさかこんなに早く帰ってきてくれるとは思わなかった。足早にこちらへと近づいてきた彼は、気遣うようにシリルの顔を覗き込む。

「体は大丈夫か？」

「あ、あの、大丈夫です……」

そう言ったが、彼はシリルの背中に腕を回して抱き寄せると、じっと目を覗き込んでくる。

「昨夜は、興奮して我を忘れてしまい、すまなかった……あまりに君が可愛くて……朝もなかなか目覚めないから心配したよ。村からわざわざ来てくれた日だというのに、ぐったりするほど疲れさせてしまって反省している。今日からは、もっと気遣うようにするから……」

熱っぽい囁きと抱き締める力強い腕、そしてあまりの距離の近さに、このまま口付けられてしまいそうで、シリルは顔が赤くなるのを感じる。

だが、唇が重なる寸前に、サシャが「失礼します」と夕食を運んできたことで、ラウリーは腕の力を緩めてくれてホッとした。

一緒に食事をとる間も、彼の目はほとんどずっとシリルに注がれていた。テーブルの上にはまたシリルの好物の料理ばかりが並び、それらを皿に取り分けてくれたあとは、ワインを飲みながら、彼はずっとこちらを見つめているのだ。

射るようなラウリーの情熱的な視線に晒されて、シリルは緊張と恥ずかしさで、だんだんと美味しいはずの食事が喉を通らなくなってしまった。

「今日は食が進まないようだな」

気遣うように言われて、すみませんとシリルは謝る。

「いや、もちろんただ腹が減っていないということならいいんだが、具合が悪いのなら、決して無理はしないでくれ。もしどこか辛ければ、すぐに医師を呼ぶから」

「違うんです、午後にはリニが来てくれてお茶を飲みましたし、たぶん、あまり動いていないので……どれも本当にとても美味しいのですが、今日は元々それほど空腹ではなくて」

心配そうに言われて、慌ててシリルはそう答える。できる限り食べたが、どう頑張ってもこれ以上は入りそうになく、サシャに謝って片付けてもらうしかない。

村では基本的に質素な食事なので、足りないことはあれど、夕食を残したことなどこれまでにほとんどなかった。食べ物を残した罪悪感で落ち込み、食後の果物も事前に丁重に断ったシリルを心配そうに見て、サシャが静かに下がっていく。

二人きりになると、ラウリーがふと気づいたように口を開いた。

「もしかして……俺が無遠慮に凝視してしまったせいで、食べ辛かったか？　だとしたら、気遣いがなくてすまなかった」

反省するように言われて、シリルは急いでぶるぶると首を横に振る。あらわになっている山羊耳もその動きとともに揺れた。

「そ、そうじゃないんです、本当に今日は、あまりお腹がすいていなくて……、明日になれば、きっともっと食べられると思います。いつもは僕、何を出しても綺麗に完食するとリニに褒めてもらえるくらい、たくさん食べるんですから」

そうか、と言って、彼が小さく口の端を上げる。それから、ふいにまじまじとシリルを見つめると「村で着ているいつもの服も、儀式のときに着る山羊族の正装もとても似合っているが……狼族の服も、よく似合うな」と褒めてくれる。

狼族の服は膝下までの長袖の服にズボンを合わせるもので、いつも着ている山羊族の普段着よりも動きやすい。ありがとうございます、と少し照れて微笑む。しばらく雑談をしているうち、ラウリーがふっと笑みを消し、なぜか真顔になった。

「……今日は、早めに休んだほうがいいな」

「え？」

シリルが目を瞬かせると、ラウリーは「湯浴みの用意をさせておく。俺は王宮のほうに戻るから、ゆっくり体を温めたら、もう休んでくれ」と言って立ち上がった。

「お待ちください、ラウリー様……っ」

驚いて慌てて呼び止めると、扉のほうに行きかけたラウリーがこちらに目を向ける。

「でも、あの……儀式のほうは……？」

そう訊ねると、彼は一瞬困ったように眉根を寄せ、それからシリルの頬に手を伸ばしてそっと撫で、優しく言った。

「儀式よりも、君の体のほうが大切だ」

どうやら彼は、今夜食が進まなかった自分の体を気遣うあまり、二日目にして、儀式の遂行を諦めるつもりのようだ。

シリルはとっさにラウリーの服の袖を掴み、急いで訴えた。

「本当に、大丈夫なんです。僕はどこも悪くありませんし、元気だから……、儀式を、してください」

ラウリーが瞬きをする。戸惑うように一瞬視線を彷徨わせてから、彼は「……本当に、いいのか？」と訊ねてくる。こくこくこく、とシリルが頷いても、まだどこか半信半疑の面持ちだ。どこか気が進まない様子の彼に、シリルは思わず焦れた気持ちになって訴えた。

「だったら、なんのために、僕をここに留め置いたのですか。儀式を最後まで終えて、あなたを名実共に王にするためでしょう？　まだほとんどの人が知らなくても、僕はあなたの婚約者なんです。あなたが万人に認められた王になりたいと言うのなら、どんなお手伝いだってします……！」

シリルの言葉に、ラウリーがかすかに目を瞠る。うろたえたように一瞬口元を押さえてから、彼は唐突にシリルの腰に腕を回してその場で抱き上げた。

「わっ⁉」

感極まったような彼に、その場でぐるりと回されてから、ゆっくりと下ろされる。肩先に顔をうずめるようにして強く抱き竦められると、彼の髪が山羊耳をかすめ、くすぐったさでシリルの金色の獣耳はぴくぴくと震えた。

「まさか、そんなふうに言ってくれるとは……感激だ」

しばしの間のあと、感嘆するみたいに囁いてから、ラウリーが顔を上げる。

よほど嬉しかったのか、彼の頬がほんの少し紅潮していることに気づく。シリルの額に口付け、鼻先にも唇を触れさせてから、宣言するようにラウリーは言った。

「ありがとう、シリル。必ず、あらゆる者に認められる王になると誓う。君が誇れる伴侶になることを誓おう」

いまだって、彼は自分などにはもったいないほどの人だ。そう言おうとしたとき、脇に手を入れられ、再びぐっと抱き上げられ、なぜかシリルはテーブルの上に座らされた。そこは、つい先ほどまで食事をしていた場所だ。

ラウリーは目線が合うようになったシリルの唇を奪い、首筋に何度も口付けながら、腰の辺りを撫でてくる。これは、もしやとシリルは顔が熱くなるのを感じた。

「あっ、あの、ラウリー様」

「なんだ？」

「先に、湯浴みを……」

「ああ、あとで構わない。疲れてしまったら、俺が責任を持って湯に入れて体を洗ってやるから」

——やはり、彼はこのまま、湯浴みよりも先に、この場で『儀式』を始めるつもりなのだ。

シリルは驚愕して動揺のあまり、目の前が真っ暗になるのを感じた。

するならば湯浴みのあとにすべきだし、ここは食卓にもなるテーブルの上で適切な場所ではないし、と必死に訴えたが、「気にしなくていい」という一言ですべて却下され、すでにすっかり儀式をする気になってしまったラウリーの火を消すことはできなかった。

昨日と同じように、衣服の裾を捲られ、手早くズボンと下穿きを脱がされてしまう。だが、今日はぜったいになんとしても、シリルには言わなければならないことがあった。

「ラウリー様、あのう、違う方法ではいけませんか……？」

必死の問いかけに、いまにもシリルの性器に顔を伏せそうな勢いだったラウリーが顔を上げる。

「……違う、とはどういう方法だ？」

シリルは、最初に儀式の話を聞いたときから、直接性器を舐めた上、蜜を飲まれるなどとは考えてもいなかった。自分が自らのものを扱いて達し、その蜜を——例えば指や腹についたものを、彼が指で拭って口に運ぶといったような、間接的なやり方だろうと考えていたのだ。

そう説明すると、ラウリーは一瞬なぜか驚いた顔をしたあとで黙り込んだ。

ゆっくりと身を起こして、テーブルの上に手を突き、シリルの目を覗き込んでくる。

「それは、君が……俺の目の前で、自分のものを弄って、達してくれる……ということか？」

一言一言、区切るように言われて、そのつもりだったシリルは、自分が提案した行為の途方もない恥ずかしさに突然気づいて何も言えなくなった。性器を彼に舐められて、そのまま蜜を飲まれるよりもずっとましだと思っていたが、それはそれでまた別の恥ずかしさがある。

「君がそうできるのであれば、もちろん、それでも構わないが……では、してくれるか」

そう言うと、彼はシリルが座らされたテーブルの前に椅子を引いて座り、シリルの膝をぐっと両側に大きく開かせる。

「あっ」

驚いたが、確かに出したらすぐに体液を得るためには、舐める以外ではこの状況が最善だろう。恥ずかしいのはどんな格好でも同じだが、ランプが煌々と灯された明るい居間のテーブルの上では、羞恥はいっそう大きく感じられる。

さらに彼は、「服が汚れるといけないからな」と言うと、シリルが着ている狼族の服の裾を昨日と同じように、ちょうど乳首があらわになるところまで捲り、それを片方の手で持つように命じてくる。その上、彼はシリルの脚の間に置いた椅子をもっと近づけて、その場で腕組みをすると、じっくりと眺める体勢をとった。

「……どうした、しないのか？」

訊ねられて、シリルは自分の性器に触れようとする。しかし、臍の辺りまで手を下ろしたところで躊躇い、どうしてもそこを握ることができない。

（早く、しなくちゃ……）

今日は一日ぼうっとしていた自分に比べ、早朝から政務に明け暮れてきた彼のほうがずっと疲れているはずだ。ラウリーの手を煩わせてはいけないし、無駄な時間を取らせてはいけない。そう思うのに、もじもじと手を握ったり開いたりするばかりで、シリルはどうしても彼の前で自分の性器に触れられず、達するどころの話ではない。

至近距離からそこを見つめてくる視線はまっすぐで、彼の目はまるで敏感なそこを火で炙るかのように熱い。昨日一滴も出なくなるまで搾られたというのに、見られているだけで、シリルの下腹部がまたじわっと熱を持ち始める。

それでも躰は強張ったままで、どんなに頑張っても手を動かせない。自分で言い出したことなのにと、あまりの情けなさに目が潤んでくる。

シリルが泣きそうになっていると気づくと、ラウリーが手を伸ばしてきて、優しく頬を撫でてくれる。

「……俺の前で自分でするのは、そんなにも恥ずかしいのか？」

もう虚勢を張ることはできず、シリルはぎくしゃくと正直に頷く。自己嫌悪に陥りながら、ごめんなさい、と謝罪する。すぐにラウリーが立ち上がり、シリルの山羊耳にそっとキスをしてきた。耳先を甘く食まれ、驚きとくすぐったさで「あ、んっ」と恥ずかしい声が漏れる。

まだ何もされていないのに体が熱い。やんわりと山羊耳の内側に舌を這わされて、ぶるっと体が震える。

昨夜、生まれて初めて、彼と性的な触れ合いをした。だが、それは祝福の儀式のためだ。しかもいまはまだ婚約中で、儀式を終えるまでは純潔を守るべき身だというのに、たった一夜触れられただけで、シリルの体はまるで根本から何もかも作り変えられたかのように、ラウリーの視線や些細な動きにも、強く反応するようになってしまった。

「自分でできないのなら……どうしてほしい？」

促すように訊ねられたが、とても頼むことなどできず、頬を染めて唇を噛むしかない。

しかし、言えと命じるように、ねろねろといやらしく、熱い舌で山羊耳の内側を舐め回されて、やむなく半泣きで口を開いた。

「な、舐めて、ください……っ」

死にそうな羞恥に見舞われながらも、そう口にする。すぐさまシリルの顎を大きな手が掴み、かぶりつくように口付けてくる。口腔にぬるりと熱い舌が入り込んできて、シリルの口の中を舐め回す。無防備な舌を彼の舌で擦られ、舌同士をねっとりと絡められ、唾液まで啜られる。

情熱をぶつけるような濃厚な口付けに、シリルは息も吐けないまま溺れた。

「可愛い可愛いシリル……俺を真実の王にするために、あんな決意をしてくれていたなんて……俺こそ、君のためならば、どんな犠牲も厭わない。君が望むならどんなことだってしてやる」

熱を込めて囁いたラウリーが、もう一度唇を甘く吸ってくる。そうしながら、大きな手でシリルの性器を優しく握り込んだ。

「あ、う……」

先端の孔をぬるぬると擦られて、情熱的な口付けで躰が昂り、舐められる前からもうすっかり先走りを垂らしてしまっていることに強い恥じらいを感じる。

滑らかな動きで、彼の手がシリルの性器をあやすようにじっくりと弄ってくる。真っ赤になってうろたえるシリルの顔を眺めて、ラウリーが微笑む。

「望みの通り、愛らしいこの性器を舐めて……これ以上ないほど気持ちよくさせて、出させてやる」

「あ、あ……っ！」

宣言をして、顔を伏せた彼がシリルの性器を口に含む。熱い咥内に包まれ、いきなり激しく吸い上げられて、シリルは脳天まで突き抜けるような刺激に身を震わせた。

儀式も四日目となった。

毎日、彼に情熱的に可愛がられ、蜜を飲まれてしまう日々が続いた夜。別棟に戻ってきたラウリーがいつものようにシリルの性器をあらわにさせ、蜜を出させるために弄り始めたが、三日間連続で出なくなるまで搾られたせいか、四日目ともなると、シリルの躰の反応は恥ずかしいくらいに鈍くなってしまった。

寝台の上に寝かされて性器を直接握ってしごかれ、ラウリーに舐められても、半勃ち程度で出すまでには至らない。動揺するシリルに、「大丈夫だ」とラウリーが優しく言い、躰の他の部分に触れてもいいかと訊ねてきた。

わけがわからないまま頷くと、ラウリーは、なぜかシリルの小さな乳首をそっと指で撫でた。夜着が汚れないよう、シリルはいつも服の裾を胸元まで捲って持つように言われている。今夜もまた、裾を握りしめて身を硬くしていると、彼はそこを熱心に指で弄り、さらには舌で舐めたり吸ったりし始めた。

「……あ、ん……、あっ」

初めは恥ずかしいだけだったが、ずっと繰り返されると、なぜかむずむずするような快感が腰の奥から湧いてきた。狼獣人特有の尖った犬歯で軽く擦られて、やんわりと歯を立てられると、たまらずに甘い喘ぎが漏れてしまう。すると、すぐそばにいるラウリーが、刺激に感じ始めたシリルの顔を熱い目で凝視してくることに気づく。

両方の小さな乳首が彼の唾液に濡れ、硬く尖る頃に、「よかった、勃ったな……」と興奮を滲ませた声で囁かれて驚いた。

見ると、いつの間にかシリルの性器は上を向き、先端の孔から透明な雫を零し始めていた。

そうやって乳首を弄られながら、同時に性器を刺激されると、反応が鈍かった性器があっという間に硬くなった。

「ん、や……っ、あう、あ、あ……っ!」

やや強めにきゅっと乳首を摘まれ、その日は彼の口内ではなく、大きな手によって薄い蜜を搾り取られた。


そうやって、五日目、そして六日目までは、なんとか乗り切れたものの、儀式の最後となる七日目には、もはや何をされてもシリルの性器は勃たなくなってしまった。

これでは儀式を完遂できない。せっかく六日目まではやり遂げたのにと、シリルが泣きそうになると、ラウリーは「泣かなくていい」とシリルを抱き寄せて膝の上に乗せ、髪にキスをして慰めてくれた。ここまできたら、どうしても儀式を無事に終えたい。ラウリーは、誰も文句ひとつつけられないほど皆に認められる王になって然るべきな人なのだから。だが、性的な行為に慣れない躰は、毎日蜜を出しすぎて限界なせいだろう、恥じらいを堪えて自分でどう弄ってみても、シリルのものはぴくりとも反応しそうにない。

情けなくて、ごめんなさいと謝りながら、シリルは涙を堪える。抱き締めて背中を撫でてくれるラウリーがふと何かを思いついたように口を開いた。

「もし嫌でなければ、もう少し、別のところに触れてみてもいいか？」と言われ、よくわからないながらもシリルはこくりと頷く。

大きな手で躰を撫でられながら、口付けられる。他の誰ともしたことはないが、ラウリーの唇は熱くて柔らかく、髪に手を入れられて、頭や山羊耳を撫でられながら深いキスをされると、蕩けそうなほど気持ちがいい。ふいに抱き上げられ、脚を広げるように促されて、シリルは彼の体を挟む形で膝の上に乗せられる。背後に回された彼の手が背中に触れて寝間着越しの小さな尻を揉む。いったい何をするのだろうと思っていると、そっと唇に指を入れられて、唾液を掬い取られる。

彼はその手を再びシリルの後ろに回すと、シリルの小さな山羊尻尾をやんわりと撫でてから、尻の狭間に指を滑らせ、濡れた指先で蕾をそっと撫でた。

「ラウリー様……っ」

「大丈夫だ。痛くしないから、俺に身を預けて躰の力を抜いていてくれ」

シリルは孕める雄なので、彼と繋がるときはおそらくそこを使うのだろうということは理解している。けれどいまはまだ秘密の婚約中でしかなく、祝福の儀式には必要ないはずなので、そこを弄られる理由がわからない。だが、ラウリーが儀式を終えられずに半泣きのシリルに無意味なことをするとも思えず、戸惑ったけれど彼の言う通りに従った。

目の前にあるラウリーの逞しい胸元に躰を預ける。何度も蕾を撫でた彼が、じわじわと中に指を押し入れていく。彼の指はしっかりとして硬く、強烈な違和感がある。無意識に嫌々と首を横に振り、山羊耳がぺたりと頭の横に伏せる。その耳の付け根に口付けてあやしながら、ラウリーはきつい中でゆっくりと指を動かす。

もう抜いてほしい、と頼もうとしたときだった。かすかに指が掠めた場所に、シリルの躰はびくんと震えた。腰に奇妙な痺れが走ったその反応を見逃さず、ラウリーが同じところをまた擦る。

「あ、そ、そこ……っ、いや……」

混乱して訴えたが、ラウリーはなぜか、逆に同じ場所をじっくりと指先でこね始める。

必死に彼の躰にしがみつきながら、シリルは未知の感覚に身悶えた。怖くてやめてほしいのに、いつしか手足の指先まで全身が熱くなっていく。気づけば中を犯す指は二本に増やされ、シリルの狭い蕾を貫きながら、感じる場所を執拗に弄ってくる。

「いい子だ、シリル、大丈夫だ」と耳元に熱い囁きが吹き込まれる。彼がもう一方の手を前に回し、いつの間にかすっかり反応していたシリルの性器をそっと握り込む。

見下ろすと、もう出すものはほとんどないのか、先端からは薄い先走りがかすかに垂れている。そこを根元から搾り上げるようにして、ラウリーがくちゅくちゅと音を立てて小ぶりな睾丸ごと握る。

「あうっ、あんっ」

やっと勃った前をしごかれながら、後ろを二本押し込まれた太い指で激しく擦られる。

「ラウリー様……、あっ、あ……っ！」

初めての中をぐりぐりと弄られながら、シリルはようやく七日目の蜜を吐き出した。

ラウリーが褒めるように頬に口付け、胸を喘がせているシリルを寝台の上に優しく寝かせた。

顔を伏せて出した蜜を丁寧に舐め、さらにはくったりしたシリルの性器も清めるように舐めてくれる。

「あ……」

先端に残った蜜を最後の一滴まで吸い上げてから、脚の付け根を甘く吸われ、シリルは思わず声を漏らした。

毎夜、儀式のたびにラウリーはそこをきつく吸って痕を残すので、白い肌には赤い痕がいくつも散っている。義務のための儀式ではあったけれど、その痕跡は、彼のシリルへの強い想いを表しているかのようで、すごく嬉しいような少し怖いような不思議な気持ちになる。

これで、ようやく祝福の儀式は終了したのだ。

「ありがとう、シリル。よく頑張ってくれたな……」

もう湯浴みをする気力もなく、ぐったりするシリルの体を恭しく清めてくれながら、ラウリーが感謝の気持ちを感じさせる声音で囁く。

なんの力もない自分が少しでも彼の役に立てた。それに、この儀式のおかげで、これまでは知らずにいたラウリーの心の中と、意外な顔も知ることができた。

安堵の中でラウリーに優しく抱き寄せられる。疲れ切って眠りに落ちる寸前、シリルに不思議なことが起きた。

くすくすと笑う、鼓膜を羽で撫でるような柔らかな声が、どこかから聞こえた。

――精霊の声が聞こえる。

驚いて目を開けると、うっすらとだが、その姿も見える。シリルは目を丸くした。

『うふふ、とっても大きくて立派な耳ね』

『ほんとうね、ほら、尻尾も素敵』

嬉しげに囁きながら、半透明の二匹の精霊が、ラウリーの狼耳に止まっている。そして、シリルを抱き締めているラウリーの獣耳や尻尾を褒め称えているのだ。

ぎょっとしているうち、精霊たちは笑いながらどこかに飛んでいってしまった。

驚愕しているシリルに気づいたらしく「どうした？」とラウリーに訊ねられる。慌てていまの出来事を伝えると、ラウリーはそれはよかったな、と微笑んでくれた。

「そういえば、少し耳がくすぐったかったが、俺には何も聞こえなかった。だが、また君に見えるようになったのならよかった。きっと綺麗なんだろう？ ……そんなに見たかったんだな」

（そうか……僕、精霊が見えなくなって……、すごく悲しかったんだ……）

そう言われてシリルは、どこかに見えないかと、自分が無意識のうちにずっと精霊の姿を探し続けていたことに気づいた。

特に彼らが見えることにこだわっていたわけではなかったが、精霊たちは、ずっと幼い頃から、孤独だったシリルの友達だった。だからか、ただ当たり前のようにまた彼らが見えたことに、純粋にホッとして、涙が出るほど嬉しかった。

精霊の姿が見えなくなったのは言い辛かったが、黙っているわけにもいかず、村長だけには伝えた。すると、『金の子山羊に精霊が見えないなんて、前代未聞のことです』と、彼も困った様子で、いつの間にか村人たちも知るところとなり、余計になくしたものの大きさを感じて落ち込んでしまった。

皆が自分を敬ってくれるのに、子ヤギの姿にもなれず、精霊の声も聞こえない。特別な力がどんどん失われ、ただ金色なだけのでき損ないになってしまったと、シリルはとても悲しかったのだ。

精霊に好まれるのは、体と心の両方が澄んでいるという証拠のようなものだ。先ほどラウリーが纏わりつかれ、懐かれていたことを思うと、見えない彼の心の中がどんなふうなのかがわかって微笑ましい。

（……また見えるようになったことを、村に帰ったら、まっさきに村長に伝えよう……）

いつも難しい顔をしている村長だが、こればかりはきっと喜んでくれるに違いない。

儀式を無事に終えられた喜びと、思いがけない嬉しい出来事に、シリルはラウリーの腕の中で、幸福な気持ちで眠りについた。

＊

七日間続いた祝福の儀式がようやく終わった。

翌日、それを大神官に報告して、同日に開かれた議会で、ラウリーはようやく山羊獣人からの祝福を受けた正式な王として認められた。

しかもそれは、まだ公には明かされていないものの、牧羊神の生まれ変わりとされる金の子山羊からの特別な祝福なのだ。その事実が伝えられれば、ウィンザーを推す王太后の一派からも、ラウリーが王位にあることへの異論など金輪際出せなくなるだろう。

実は、今日の議会の場で、ラウリーはシリルと婚約しているという事実を明かし、早々に国中に発表したいと考えていたらしい。だがそれは、シリルが頼んで翌週にずらしてもらうことになった。

「本当に、どうしても帰るのか？　使いをやればいいだけのことだろう」

儀式が終わった翌々日、ラウリーの別棟に滞在してゆっくりと体を休めたシリルは、いったん村に帰ることを決めた。だが、彼は気遣うように何度も訊ねてくる。

国王の正式な婚約を議会に知らせる日は、シリルの身の安全を確保するために、彼が村から王宮に戻ってきたあとで……ということになった。

なぜなら、存在を公にすれば、無謀にもまた金の子山羊を供物にすべく狙う者がいないとも限らず、危険が皆無とは言い切れない。

婚約の知らせと同時に、王の婚約者がこれまで誕生の事実を秘められてきた金の子山羊であることも国内外に通達して、結婚式までの日は、王宮でも厳重な警護がつけられるという。

「俺も一緒に行ける日まで待っていてくれないか」

ラウリーはシリルを心配し、自分も帰省に付き添うと言い出したが、ちょうど同じ日から、歴代王立軍の記念式典がある。現国王である彼がそれに出席しないわけにはいかない。そしてラウリーが出発できるまで日にちを遅らせれば、結果的に婚約発表の日も遅れることになってしまう。

「荷物を纏め次第、すぐに戻ってきますから」

王宮で暮らすための荷造りや荷物の移動であれば、使いの者をやって完璧にさせると言われたけれど、その夜に帰れると思っていたから、家は出てきたときのまま、引っ越しの準備などいっさいしていない。多少は思い出の品などもあるし、村人に買ってきてもらって宝物にして眺めていた、ラウリーのあの小さな肖像画もこっそり持ってきたい。それに、これから王宮に移り住むのなら、村の皆に譲りたい物もいくつかあった。結婚式で会えるとしても、マーリオをはじめとする皆に挨拶をせずに嫁ぐわけにはいかないし、村長にも結婚のことを改めて伝えて筋を通しておかなくてはならない。仲良しの子ヤギたちにも会って、最後に遊んでやりたい。それには、どうしても自分自身が村に帰る必要があるのだ。

手伝いの者を同行させようかとも言われたが、人手が必要なほど荷物が多いわけではないし、リニも手伝ってくれるというので丁重に断った。

そもそも、あまり何台も王宮の馬車を連ねて走り、仰々しく警護をつけて動けば、余計に人目を引いてしまいそうだ。

軍の式典の日なので、ロドニーたちには頼めないと思ったが、彼ら自身が率先してシリルの警護を優先すると言い出し、ありがたくもいつも通りついてきてくれることになった。

ラウリーから聞いた話によると、ロドニーには高齢の親が、そして大家族のレンスにはまだ小さな弟妹たちが多くいるらしいが、彼らは二人とも、国王直々の依頼を誇りに思い、実家には戻らず常に村の見張りとシリルの警護の任務を優先してくれている。ラウリーも彼らの働きには一目置いているようだし、自分も彼らに深く感謝している。念のため他にも警護を数人つけるというラウリーの申し出は礼を言って断り、「ロドニーたちだけで大丈夫です」と伝えた。

二度の事件は幼すぎて記憶になく、物心ついてからは山の動物に遭遇する以外では危険な目に遭ったことのないシリルは、村に戻るだけであれこれと心配するラウリーが少々過保護に思える。彼がこんなにも自分の身を案じてくれていると思うと、くすぐったいくらいに嬉しい気持ちになるけれど、まだ〝きんいろ〟であることを知る者はほとんどいないのだから、自分を狙う者など、そうはいないはずだ。

戻るときの荷物もあるので、馬車は二台出してもらうことになった。シリルとリニ、そして警護のロドニーとレンスの四人はそれに分乗して乗り込むと、王宮の通用門から出発した。

今日式典が行われる予定の街中は、すでに飾りつけられているものの、まだ朝早いせいか、人けはまばらだ。

馬車に揺られながら、少し間を空けて隣に座っている軍服姿のロドニーをちらりと見る。窓の外を眺めているようで、彼はずっと無言だ。元々無口なたちらしく、シリルはあまり彼とはたくさん話したことはない。

婚約を公にする話が出たとき、シリルはできることならリニにも一緒に王宮に来てもらいたい、という話をラウリーに伝えた。

彼は『ああ、それがいいだろう。村長にも伝えさせる』とふたつ返事で応じてくれて、嬉しくなったシリルは、ついでにもし先々リニが結婚したとしても、できることならそばに住んでもらえたらと思っていることを伝えてみた。

すると、ラウリーは『ロドニーには王宮の外に実家があるからな、もちろん、王宮内に住んでもらっても構わないし、そのあたりは二人次第じゃないか』と言い出し、彼もまたリニとロドニーの様子に気づいていたことがわかった。

ラウリーはこのままそっと見守るつもりでいるようだが、数時間馬車に乗るというのに、分乗するメンバーは、シリルとロドニー、リニとレンスというまったくリニの恋の発展に寄与しない組み合わせになっている。

どうやらロドニーはかなり奥手な性格らしい。おまけにリニもだ。

（もしかしたら、僕と同じように、リニも、もしかしたら初恋なのかもしれない……）

はきはきした性格の彼にはお節介かもしれないが、いつも助けてくれるリニにはどうか幸せになってほしい。ラウリーといるとシリルはとても幸せだから、彼とのことを応援して、成就を心から喜んでくれたリニのために、何かできることがあればしたい。せめて、帰りは必ず彼らが一緒の馬車になるように、自分が気を回そうとシリルは決意した。


街中を出て、だんだんと馬車は郊外の田舎道を走り始める。

舗装されていない道はがたがたとよく揺れるが、さすが王家の馬車は座面もふかふかで乗り心地がいい。

午前中のうちには村に着けるはずだと考えながら、次第に眠気を感じ、いつしかシリルがうとうとしかけたときだ。

『ねえねえ』と誰かが耳元で囁いた。

一瞬、ロドニーかと思ったが、違う。目を向けても、彼は変わらずに姿勢を正したまま、窓の外に目を向けている。

『あぶないわ』

『危険がせまってる』

『もどって』

おろおろした様子で声をかけてきたのは小さな精霊たちだった。

彼らには、獣人の目には見えない何かが見えている。

精霊たちの予言は本物なのだ。

「ロドニー、馬車を……」

シリルが急いでロドニーに声をかけ、いったん馬車を止めてもらおうと思った、そのときだ。

「うわあっ！　な、なんだ、お前ら!!」

どこかから悲鳴が聞こえる。同時に激しい馬の嘶《いなな》きが聞こえ、シリルたちの乗った馬車は横転しそうな勢いで跳ね、衝撃とともに急停車した。

ロドニーは険しい目つきで窓の外を凝視し、腰に帯びた剣の柄に手をかける。

「な、なに……？」

シリルが身を硬くして訊くと、「前の馬車が襲撃されたようです」とロドニーが低い声で答える。事故が起きたわけではないようだが、シリルには状況がまだ呑み込めない。

外では咆哮が上がり、剣がぶつかり合う激しい音も聞こえる。

動揺していると、ふいにこちらを向いたロドニーが、怖いくらい真剣な顔でシリルの肩を掴んだ。

「いいですか、あなたはここにいてください。何が起きても、決して外には出ないように」

潜めた声で指示され、怯えながらもこくこくと頷く。シリルが頷くのを確認してから、ロドニーが一瞬だけ素早く扉を開け、馬車から飛び出していく。扉の隙間からそっと覗くと、外ではレンスがすでに賊と応戦しているのが見えた。

そこへロドニーも加わったが、相手は多勢らしく、なかなか勝負がつかずに苦戦しているようだ。前の馬車に乗っているリニは怪我をしていないだろうか。御者たちはどうなったのだろう。

シリルがハラハラしながら手を握りしめていると、ふいに外から鋭い声が響いてきた。

「馬車の中に山羊獣人が乗っているだろう。金色の毛をした奴だ。そいつさえ出せば、全員命だけは助けてやる」

（やっぱり、狙いは僕なんだ……）

いまは帽子を被っているから、すぐに髪や山羊耳の色は見えない。だが、こうなってはもう逃げることは難しいだろう。相手が何者なのかもわからず恐ろしいけれど、どうあっても皆を傷つけさせるわけにはいかない。皆にはそれぞれ、待っている家族や大切な人がいる。ぜったいに無事に帰さなければならない。

だが、悲壮な覚悟を決めて、シリルが馬車を降りようとすると、予想外のことが起きた。

「——私です」

聞こえてきた凛とした声は、聞き慣れたリニのものだった。

（リニ、なぜ……!?）

「よーし、素直でいい。さあ、こっちに出てこい」

「そちらに行く代わりに、他の皆には決して怪我をさせないでください。全員を無事に解放してくれると約束するなら、私は馬車を降ります」

その言葉を聞いて、シリルは愕然とした。

——彼は、自分の身代わりになるつもりでいるのだ。

戦っていたロドニーたちがどうなっているのかもわからないまま、前の馬車の扉が開く音がする。

「帽子を取って獣耳を見せろ」

その命令に、シリルの全身から血の気が引いた。村に帰るいま、リニもシリルも、王宮にやってきたときと同じ山羊族の正装を纏い、帽子を被っている。だが、帽子を取ればリニの耳は真っ白で、嘘を吐いたことが一目瞭然となってしまう。

真実が明らかになれば、リニに何をされるかわからない。

「……待ってください！」

とっさに馬車の扉を開け、シリルは外に飛び出す。

そこには、二台の粗末な馬車と、何頭かの馬、それから見知らぬ男たちがいた。

中でも特に目を引く強面で大柄な男の前には、両腕をそれぞれ別の男に掴まれ、顔面蒼白で顔を強張らせたリニが立っている。

男たちの何人かは、どうやらロドニーたちにやられたらしく倒れているものの、立っている者はまだざっと十人以上もいる。屈強で粗野な様子は、野蛮な賊の集まりといった風体だ。

レンスたちは、リニやシリルのほうを気にかけつつも、それぞれが数人の男たちに斬りかかられながら、なおも激しくやり合っている最中だ。

相手の人数があまりにも多すぎる。いくら警護の彼らが腕利きであっても、これでは防戦でせいいっぱいだろう。もっと警護を増やそうというラウリーの言い分を考えなしに断ってしまった自分の愚かさを、シリルは深く悔やんだ。

必死に顔を上げ、せめても虚勢を張って男たちを見据える。

「金色なのは、僕です。彼をぜったいに傷つけないで。交代しますから、いますぐに彼を無事に放してください」

「出てきてはいけません……！」

リニが顔をしかめながら必死に訴える。

「ふうん、いい子で何よりだ。まずはその場で帽子を取れ。こいつと交換するのは、それからだ」

他に手段はなく、迷っている余地もなかった。シリルはやむなく帽子を取る。ふるっと震えてあらわになった金色の被毛に包まれた山羊耳を見て、集団の長らしき男が「おお……」と歓喜の声を上げる。

「目当てを見つけたぞ、こいつだ！　怪我をさせずに縛り上げろ。あとの奴らは全員急いで始末するんだ！」

叫んだ男に、シリルは驚愕した。そもそもこの男たちの目的はシリルだけで、他の皆を生かしておくつもりなどいっさいなかったのだ。自分が捕まれば、皆が殺される。逃げなくてはと身を翻し、馬車の裏に回り込もうとしたシリルは、一番近くにいた男に襟首を掴まれて捕らえられそうになる。

もがこうとすると、その男がなぜか悲鳴を上げ、突然苦しかった襟首が楽になる。

とっさに振り返ると、誰かから奪ったらしい剣を手にしたリニが、頬に返り血を浴び、険しい表情で言った。

「早く、逃げなさい！」

「——逃がすな！」

雄叫びを上げて追ってくる男との間に立ったリニが、振り下ろされる剣を防ぐ。男たちをどうにか仕留めたレンスが走ってきてリニに加勢し、彼を追い込んでいた男を始末する。ロドニーのほうを見れば、小者を片付けたらしく、いまは賊の長《おさ》らしい大柄な男とやり合っている真っただ中だ。二人の御者は、息があるのかないのか、すでに地面にぐったりと倒れ込んでいる。

遠くに家がぽつぽつ見えるだけの田舎道には、血の匂いが立ち込めている。声を張り上げてもあの家まで届くかどうか。助けを求めに行っても、その途中で簡単に捕らえられてしまうかもしれない。

信じ難い状況に、シリルは必死で家のあるほうへ走りながら、身の震えを止めるのがせいいっぱいだった。

（どうしよう……、どうしたら……？）

ずっとそばで暮らしてきたのに、リニが剣を使えることを、シリルは初めて知った。しかも、どれだけ特訓したのか、シリルとほとんど変わらない細身の体格だというのに、彼がとても強いことがわかる。

自分はただ、彼らの枷にならないようにするしかない。情けないけれど、リニの言う通り、逃げることが最善なのだ。

あとを追ってくる気配に怯えながら無我夢中で走っていると、道のずっと向こうから騎馬の二人連れがやってくるのが見えた。

「お願い、助けて!!」

シリルは必死で声を上げた。だが、彼らがこちらにやってくるより前に、とっさに振り向いたシリルの視界に、賊と剣をぶつけ合っているリニの背後から、別の男が近づくのが目に入った。血まみれのその男は、いまにもリニに剣を突き出そうと身構えている。それなのに、夢中で戦っているリニ自身も、そばにいるレンスも、そのことにまったく気づいていない。

「リニ、危ない!!」

叫んだシリルが駆け戻ろうとする前に、リニと男との間に瞬時に飛び込んできた塊があった。

それは驚いたことに、いつの間にかオオカミの姿をとったロドニーだった。彼は激しく唸り声を上げながら男に噛みついて、リニを守ろうとする。

彼らがもつれ合うところを目にした瞬間、シリルはいきなり首に太い縄をかけられ、まるで罪人のように背後へと引っ張られた。その上、頭から大きな布袋を被せられて、ぐるっと天地が回る。逆さまにされたと気づいたときには、もう袋の中へ詰め込まれたあとだった。

「や、やめて、何をする、出して！」

じたばたするが、袋の入り口を固く結ばれてしまったようで、どこからも出られない。首にかけられた縄はぎりぎり苦しくない程度で、入れられたのはざらざらした目の粗い麻袋のようなものなので呼吸もできる。だが、まるで荷物のように袋詰めにされるというひどい扱いに驚愕する。

「目的は捕らえた！　撤収だ！　全員片付けて馬に乗れ！」

長の男が声を張り上げ、馬車に乗せられる気配を感じてシリルは青褪めた。布袋の中に詰め込まれたまま渾身の力を込めて暴れたが、どうにもならない。

まだ剣でやり合う音は続いている。シリルを乗せた賊の馬車は、ものすごい勢いで走り始めた。

馬車は確実に目的地がある様子で、長時間休まずに走り続けた。

袋詰めにされたシリルは、水の一滴も与えられないまま、どこに連れていかれるのか不安な気持ちでガタガタと震えているしかなかった。

（なぜ、僕たちが乗った馬車を、あんな田舎道で……？）

ラウリーは、あえてヴォルフ王家の紋章が入っていない馬車を用意してくれた。下手に目立って狙われることを避けるためだ。

それなのに、賊に遭遇したのは、ちょうど王宮のある街や人通りの多い街道を過ぎ、ラドバウト山に向かう道のりの中で、もっとも狙いやすい場所だった。

どう考えても、シリルたちが馬車で通りかかるのを事前に知り、あの場で待ち伏せていたとしか思えない。

（リニとロドニーたちは、どうなっただろう……）

御者たちも含めて、彼らが無事なのかすらもわからない。不安で呼吸が苦しくなる。どうか皆に大きな怪我がないようにと切に祈る。さらに、自分がさらわれたと知ったラウリーが、どれだけ動揺して心配するかを思うと、胸が痛くなった。きっとラウリーは死に物狂いでシリルの行方を捜すはずだ。

心を落ち着けたくて、精霊たちが見えないかと探してみたが、馬車の中はかすかに血の匂いがするせいか、危険を知らせてくれたあとはいっさい現れることはない。

恐怖に怯えているうち、どこかから轟音が聞こえてきてシリルは身を硬くした。どうやら、突然雷が鳴り始め、豪雨が馬車に降り注いでいるらしいとわかる。滅多に雨は降らない時期なのにと、シリルはいっそう身を硬くして、震えながら皆が無事であるようひたすらに祈った。

いつしか雨が止み、ようやく馬車が止まったときには、馬車に揺られ続けた疲労と恐怖とで、シリルはぐったりしていた。いったいどれほど走り続けただろうか。袋ごと連れ出され、どこかへと運ばれていく。

「いったいなんなんだ、さっきの豪雨は？」

「まさか、金の子山羊を手荒に扱ったせいじゃないよな？」

ひそひそと怪訝そうな声で話しながら、男たちは移動する。

袋越しに美味しそうな食べ物の匂いや、香のいい香りがする。ざわめきで満ちた場所を通り、静かなところでシリルはそっと床に下ろされた。

「――これか？　さっさと開けろ」

誰かが居丈高に命じる。聞き覚えのある声のような気がすると思ったとき、袋が開けられ、無造作に中から引っ張り出されて、シリルは思わず眩しさに目を細める。

どこかの邸宅なのか、もしくは高級な宿屋だろうか。連れてこられたのは、いかにも豪華な造りの広々とした部屋だった。壁際には数人の身なりのいい護衛らしき男たちが立っていて、そのそばには一頭の金豹がゆったりと伏せている。床に敷かれた豪奢な織物の上に、大きなクッションを敷いて座っている者がいる。皆、着ているのはこの国のものではない服だ。

座っていたその男は、シリルを見ると目を輝かせて立ち上がり、近づいてきた。

「ああ、こいつだ！　やはり金色だ、やった、金の山羊を捕らえたぞ！」

「……アルディン殿下……？」

暗闇に慣れた目で、まだ視界がおぼろげなままシリルが呟くと、彼はニッと笑みを浮かべた。

「覚えていたか？　先日、お前をレーンフェルトの庭園で見たとき、ちらっとその獣耳が見えたんだ。オレは夜目が利くんでね。金色に見えた気がして引っかかり、なんとかしてここに連れてくるように命じたんだ」

やはり、この誘拐劇はアルディンの差し金だったようだ。舌なめずりをしながら、シリルの前にかがみ込んだアルディンは山羊耳をぎゅっと乱暴に掴む。

「いた……っ」

「本当に金色だな……これは父上がお喜びになるだろう。献上すれば、その褒美としてきっとオレを引き立ててくれるに違いない。家族だなどとたわ言を言っていたが、お前はどこからどう見ても狼族の者ではないし、ラウリー王に知られなければなんの問題もないだろう」

ぶつぶつ言いながら、彼はシリルの耳を物珍しそうに眺めている。

「あの……殿下。これがお望みの者ですよね。我々も捕らえるのにずいぶんと日にちと金をかけました。ご満足いただけたなら、約束の褒美を――」

シリルを連れてきた賊の長がおずおずと申し出る。

「もちろんだ。ご苦労だったな、受け取れ」

にっこりと笑ったアルディンがそう言って、なぜか指笛を吹く。すると、奥で床に伏せていた金豹がのっそりと身を起こした。

「好きに食っていいぞ。それからお前たちは、部屋の前と下にいるこいつの仲間を片付けてこい」

非道なアルディンの命令で、立っていた彼の部下たちが一人を残して足早に部屋を出ていく。食べていいと許可を与えられた金豹は、ゆっくりと賊の長に狙いを定める。

「ひっ!?　ちょ、ちょっとお待ちください、殿下、そんな、話が……っ！」

賊の長は、まだ冗談だと思っているのか、冷や汗をかきながら薄ら笑いを浮かべている。

「……獣を使って無駄な殺傷をさせるのは、おやめください」

思い余ってシリルが言うと、アルディンは目を丸くする。それから、面白そうに笑って、シリルの顎を掴んだ。

「怯えているのかと思いきや、案外気の強い山羊だな？　ふうん、気に入ったぞ。父上に献上

する前に、オレが味見してやろう。まだ熟れ切っていないようだが、ラウリー王のお気に入りならば、きっと美味いに違いない……」

アルディンが下卑た言葉を吐くその背後では、金豹が賊の長に襲いかかろうとしている。

シリルが焦りを感じたとき、部屋の扉がバン！と勢いよく開いた。

「た、大変です、殿下！」

血相を変えて飛び込んできた手下らしき者を見て、忌々しげにアルディンは問い質す。

「騒がしいな、いったい何事だ？」

「この館の周りが、オオカミの群れに囲まれていて……！」

「なんだと!?」

驚いてアルディンが立ち上がろうとした。

それと同時に、開いた扉から、唸り声を上げて二頭のオオカミが飛び込んできた。とっさに金豹が長の男の上から跳ね退くと、その前に誰かが小枝のようなものを投げる。

「ラウリー様……!!」

見慣れた彼の姿に、シリルは涙が零れそうなほどの歓喜を感じた。

オオカミたちのあとから入ってきたのは、驚いたことにラウリーだったのだ。

オオカミ二頭に威嚇されていた金豹は、なぜかふいに殺気を失い、小枝に顔をすりすりとこすりつけ始める。シリルは何も変化を感じないが、金豹族に効くものなのか、アルディンが慌てて懐から布を取り出して自分の鼻を押さえている。

首に縄をかけられて座り込んでいるシリルを見つけると、ラウリーは、これまで見たこともないほど激しい怒りをあらわにして、アルディンを睨みつけた。

「アルディン、貴様……よくもシリルを……命はないと思え」

殺気を纏わせたラウリーが腰ベルトに帯びていた剣を抜くと、一人残っていたアルディンの護衛もまた剣を手に取る。

「ま、待て、こいつがオレの手にあるのが見えないのか!?」

とっさにアルディンがシリルの首にかかった縄を掴み上げて引っ張る。思わず苦しさに呻くと、ラウリーの目に怒りの炎が燃え上がった。

「うあっ」

ふいに彼の目が人のものからオオカミのものへと変化する。ぎしっと音がするほど強く握りしめた拳に獣毛が生えるのが見えて、シリルはハッとした。憤怒を堪え切れず、彼がいままさに獣体に変化しかけていることに気づき、強い焦りを感じた。

自分が傷つけられるかもしれないということより、このままでは、ラウリーは怒りのあまりアルディンを殺してしまうかもしれない、という不安のほうが大きかった。

曲がりなりにもアルディンは王子だ。そうしたら、拮抗していた二国の間で戦争が起こる可能性が高い。開戦のきっかけはどうであれ、もし戦争が始まれば、罪のない多くの人々の命が失われるだろう。

そんなのは駄目だ、なんとかしてラウリーを止めなくては、とシリルは切実な気持ちで思った。

（どうしよう……どうしたら……）

一刻も早くラウリーのそばに行って、彼の心を静めなくてはならない。

焦りの中でぐるぐると悩んでいると、ふとすぐそばで囁く声があった。

『にげて』『はやく』『きんいろになるのよ』

精霊たちの声だ――金色って？

そう思った瞬間、シリルの体は突然縮み始めた。視界が低くなり、唐突に羽が生えたみたいに体が軽くなる。

懐かしい――でも、まだ忘れてはいない、この不思議な感覚。

とん、床に下り立ったのは、人の足ではなく、小さな蹄だ。

（あっ、僕……変身できた……!?）

十年以上もの間、どうやっても変身できなくなっていたというのに、なぜかいまはすんなりとヤギの姿になれた。金色の被毛を持つ小さな子ヤギの姿になったシリルは、拘束されていた首の縄からあっさりと抜け出す。歓喜と戸惑いの中で跳びはねたい気持ちになるが、それよりもまず、いまはやるべきことがある。

「うああっ!?」

ささやかな仕返しに、くるっとアルディンに尻を向ける。蹄のついた後ろ足で、えいっと思い切りアルディンの顔を蹴りつけてから、その勢いのまま、シリルはラウリーの腕の中に飛び込んだ。

「シリル!!」

彼はすぐに小さな子ヤギのシリルを受け止め、しっかりと抱き締めてくれる。

(すごくすごく怖かった、でももうだいじょうぶ、早くいっしょに帰ろう?)

そんな気持ちを込めて、真っ黒な目で彼を見つめ、シリルは必死にぺろぺろと彼の顔を舐め回す。

ラウリーは子ヤギのシリルを抱き締めると、宥めるように毛の生えた小さな背中を撫でて、深く息を吐く。それから視線を巡らせ、蹴られた身をなんとか起こしたばかりのアルディンを、思い切り蹴り上げた。

「ぎゃっ!! なっ、なにをする!!?」

声を上げて床に這いつくばったアルディンが、ぎろりと彼を睨む。

「それはこっちのセリフだ。シリルは国王である俺の家族だと言ったはずだろう？　それなのに手を出したお前は、この場で殺しても飽き足らないほどだ」

シリルを大切に腕に抱いたラウリーは、心底憎々しげに言い放つ。彼はシリルに目を向けると「リニも、ロドニーたちにも大怪我はない、皆、無事だ」と簡潔に教えてくれて、泣きそうなほどの安堵が込み上げた。

「はいはい、そこまで」

そのとき、悠々と扉から誰かが入ってきた。

アルディンが愕然とした声を上げる。入ってきたのは、アルディンと容姿がよく似た、だが彼よりきりりとした精悍な容貌の青年だ。彼もまた豹耳を持っている。

「イスハーク兄上!?」

シリルも名前を聞いたことがある。イスハーク――ハイダール王国の王太子の名だ。

「よかった、まだ誰も死んでいないようだね。おい、お前、無礼だろう、剣を下ろせ。アルディンはさっさと立ちなさい。サミールは香木で酔っぱらいすぎだよ」

彼は部屋の中の様子をぐるりと見回してから、護衛と弟、そして金豹のそれぞれに命じる。

護衛は慌てて剣を戻し、蹴られたアルディンも急いで立ち上がる。ラウリーが投げたのは香木だったらしく、金豹はすっかり酔ってくったりし、命令に従う様子はない。

金豹を除く者たちが命令に従うのを見てから、ラウリーに体を向けたイスハークは、笑みを消すと真面目な顔で口を開いた。

「不詳の弟が申し訳ない。彼への教育が行き届いていなかったのは、僕の責任もある。じゅうぶんに反省させるし、父にもしっかり報告して、納得してもらえるような相応の罰も与える。だから、僕に免じて今回だけは大ごとにせず、許してやってもらえないだろうか？」

「兄上、そんな……」

なんとか穏便にことを済ませようとする兄の言葉を聞いた途端に、強気だったアルディンは唐突におどおどし始める。どうやら、さすがに次期国王である王太子には頭が上がらないようだ。

（ラウリー様……）

子ヤギのシリルも必死に頬をぺろぺろしたり、すりすりと頭を擦りつけたりしてみたが、彼はまだ歯を食い縛っていて、憤りの表情を崩さない。

しかも、与えられる罰を恐れたのか、彼らが話している隙に、こそこそとアルディンがどこかへ逃げようとする。するとイスハークがさっと腰に帯びた短剣を抜き、目にも留まらないほどの速さで投げる。煌めく短剣は、ぐさりと弟の左肩に命中した。

また情けない悲鳴を上げたアルディンに、イスハークは「愚か者め。そこで大人しくしていろ」と冷ややかに言い放った。

「もし僕が偶然商談でレーンフェルトに滞在し、たまたまこうしてラウリー国王と連絡を取っていなかったら、今頃はお前のおかげで、両国には戦争が起きていたかもしれないんだぞ。ラウリー国王の大切な方を拉致して、本当に父上が喜ぶとでも思っているのか？　父上はレーンフェルト王国との戦争など望んではいない。お前の後先を考えない行動で、どれだけ多くの無辜《むこ》の民が命を落とすと思う。ここから逃げるなら、ラウリー国王にお前の沙汰をお任せして僕は帰るから、覚悟するといい」

どうやらイスハークは弟とは異なり、客観的に状況を見ることができる目を持っているようだ。しかも彼は冷静に見えて、見た目よりもずっと怒っているらしい。イスハークの予想外なほど冷酷な行動にシリルが唖然としていると、彼はもう一度ラウリーに向き直る。

「……貴殿が戦を起こすというなら、それも仕方ない。だが、おそらく両国は武力ではほぼ拮抗しているから、戦えばどちらの国も疲弊して、他国を喜ばせるだけだ。我が国は、今後とも末永くレーンフェルトと友好的な関係を築きたい。今回のことは、決してなかったことにするつもりはない。詫びの方法は、国に戻ってから国王と十二分に考えて、改めて使者を送らせてもらいたい」

イスハークの言葉を聞き、腕に子山羊のままのシリルを抱いたラウリーは、それが本心かを見定めるように彼をじっと見る。

すると、イスハークは声を潜めて言った。

「ちなみに……アルディンが望み通りこの子を拉致できたのは、どうも山羊族の身内から、情報を提供した者がいたおかげもあるようだけど？」

予想外の話に、ラウリーもシリルも面食らった。

「……いったい、どういうことだ？」

愕然とした様子でラウリーは聞き返す。まさかそんなと、シリルも息を呑んだ。

＊

――誘拐劇から二か月ほど経った日に、レーンフェルト国王ラウリーとシリルの婚約が国内外に伝えられた。

それと同時に、相手は山羊族の青年であり、彼が実は牧羊神の生まれ変わりとされる『金の子山羊』であることも公にされた。

彼は生まれてすぐに拉致されかけ、命の危険があったため、誕生の事実は前王と現王以外の者には完璧に伏せられていたということにされた。

密かにアルデの村で大切に育てられてきた、伝説の『金の子山羊』の存在は、瞬く間に国中に伝わり、国内は一時大騒ぎとなった。

王侯貴族と国民、そして周辺国からの祝いを受けて、二人の婚約はあらゆる人から祝福され、国王の弟王子たちも、大好きなシリルが兄嫁となることを喜んだ。

国を挙げて盛大に行われることになる結婚式は、さらに三か月後の予定だ。

本来であれば、ラウリーの誕生日から七日間続いた祝福の儀式が済んだあと、できる限りすぐに婚約を公にし、式の準備を進める予定だった彼らの結婚の予定は、実に半年近くもあととなってしまった。

その理由は、アルディンの起こした事件のせいもあり、シリルが体調を崩してしばらく寝込んでしまったからだ。

アルディンは、このままでは第六王子の身分に埋もれて終わる自分をどうにかして父親に引き立ててもらうため、常に父の好む金色の生き物を探して、ありとあらゆる網を張っていたようだ。

庭園で遭遇したシリルの金色らしい耳を一瞬見たアルディンは、なんとかして彼を捕らえられないかと企みを練った。そうして、街の高級娼館を貸し切りにして滞在しながら、シリルの情報を集め始めたらしい。

しかし、王宮の使用人たちは何も知らず、情報を知っているらしい者もやたらと口が堅い。いくら金貨を積んでも情報が掴めずに苛立っていたとき、娼館に出入りする商人から、人づてに噂が入ったのだ——アルデの村には実は金色の山羊獣人がすでに生まれていて、密かに成長しているらしい、と。話を知っているという小さな店の雇い人に褒美をちらつかせると、さらに詳しい情報が入り、金の山羊獣人は『シリル』という名であることや、現在は王宮の一角に滞在していること、もうしばらくしたら馬車で村に戻ること、その日にちまでもが少しずつ伝えられた。

ラウリーは彼のことを家族だと言っていたが、アルディンはおそらく愛人の一人程度のことだろうと受け止めていた。まさかシリルが本当に国王の『家族』となる者であり、いま現在は彼が掌中の珠として愛でている最愛の婚約者で、彼の拉致が国王の逆鱗に触れ、国家間の問題にまで発展するなどとは考えてもいなかったようだ。

イスハーク王太子に免じて弟の処遇は任せたが、ラウリーはシリルの情報を流した商人を逃すことはしなかった。商人を見つけると、情報を入手した相手を吐かせ、さらに情報元の人物を見つけて、誰から聞いたのかを厳しく追及させた。

そうして最終的に辿り着いたのが、なんとアルデの村人――つまり、シリルの同族である、山羊族の老人だったのだ。

彼は確かに、昔から村で作った品々を街の店に卸しに行く仕事を請け負っていたが、自らシリルを捕らえて売るならともかく、アルディンに情報を漏らした程度では、手に入る金貨は限られている。もしばれれば村を追い出されることを考えると、あまりにも損が大きすぎる。しかも、彼はリニともシリルともほとんど接点はなく、彼らが王宮を行き来する詳しい日にちなど知りようもないはずなのだ。それでも老人は頑として口を割らず、もはや村から追放するしかない、という段になってから、彼の孫息子が馬を飛ばして密かに王宮を訪れ、震えながら事実を打ち明けにやって来た。

『祖父がシリル様のことを街の人に漏らしたのは、実は村長様の指示なんです』――と。

もうじき村の幼馴染みと結婚する孫のために、新しい家を建てて贅沢できるほどの金貨を用意してくれると言われて、愚かにも引き受けてしまったのだ、と。

皆が驚いたし、シリルも信じられない気持ちでいっぱいだったが、経緯が次々と明らかになる頃には、納得せざるを得なくなった。

あの日、シリルが村に帰る日にちを使者を通じて知らされていたのは、村長だけだ。その他には、同行するリニと、もしくはロドニーたちしか知りえない情報なのだ。

ラウリーは村長を王宮に呼び寄せ、なぜそんなことをしたのかと明確な説明を要求した。

だが、テオレルは『いっさい身に覚えのないことです』とだけ答え、それ以降、何を聞いても口を噤んだまま、決して事情を説明することはなかった。

ラウリーは裏付けを取り、老人とその孫息子、そして村長のどちらの言い分が正しいのかをじゅうぶんに検めさせた。

すると、老人より前に『実は、金の子山羊』の情報を街に流せと村長に指示されたが断ったという若者が現れて、事態は一変した。

村長が拘束されると、当然のごとく村人たちには激しい動揺が走った。

シリルは危険を避けるため、アルディンの手から取り戻されたあとは、王宮の別棟に隔離され、安全が確認できるまで厳重な警護の下で過ごすことになった。

日常の世話は、王宮の使用人であるサシャがしてくれて、リニもそれを手伝いながらそばについていてくれる。

シリルが拉致された事件、その一因を村長が担っていたということの顛末を知ったあと、リニが「実は……いつかこんな日がくるんじゃないかと思っていたんです」と言い出して、シリルは仰天した。

「だって、テオレル様のシリル様に対する扱いは、しつけやしきたりというもので収まるような生半可なやり方じゃありませんでしたよ。ご両親もお亡くなりになっていたし、誰もテオレル様に口出しすることはできなかったけれど、いかにもまっとうなことを言っているようなふりをして、毎日のようにちくちくとささやかな嫌がらせを重ねて、じわじわと追い詰めているように思えて……いつも、ぞっとしてました。幼い時分から、本当にひどいなと皆思っていたんですよ」

村長は、シリルは特別だからと言って、乳母のマーリオと使用人のリニ以外の村人との交流を許さずにいた。『牧羊神と村人が共に食事をとるわけにはいきません』と、物心つく頃には早々と食事は一人でとるように強いて、山を歩いていいのは月に一度か二度程度。あの暮らしでシリルが心を病まなかったのは奇跡だと言って、リニは憤慨した。

「私、気になって村の図書室にある歴史書をあれこれと読んでみましたけど、金の子山羊が他の人と食事をしちゃいけないとか、儀式のある日は夜明け頃に凍るような水で水浴びをしなければならないなんてしきたり、どこにもありませんでしたよ。きっと、村長が嫌がらせのために勝手に決めたことなんじゃないでしょうか……？」

リニの話に戸惑うが、実は、シリルも図書室の書物はほとんどを読み尽くしていたので、いったいあれはいつ頃決まったしきたりなのだろうと不思議に思っていた。だが、村長を欠片も疑うことなく信じていたので、素直に従い、必死に言いつけ通りに努力し続けてきたのだ。

「で、でも、そんなこと、する理由がわからないよ……なぜ？」

これまで村の皆のためにと眠くても寒くても一生懸命に行ってきた定めが、無意味に強制されたものかもしれないと改めて言われると呆然とするしかないけれど、リニにも明確な理由はわからないようだ。ラウリーも、まさか村長が理由なくシリルを追い詰めることはないだろうと調査したらしいが、はっきりとした原因はわからなかったらしい。

「ひとつだけ、もしかしたら、という村長の行動の理由を見つけた」

ある日、政務を終えて別棟に帰ってきたラウリーがそう言い出した。

「これまで俺は知らなかったんだが、前王が二十歳になったときに祝福を与えた山羊獣人はテオレルで、どうも当時……ふたりは恋仲だったようだ」

「前王様と、村長様が……？」

驚くシリルに、ああ、とラウリーは頷く。

(そうか……村長様は、前王の誕生日の祝いの儀式に、毎年招かれていたから……)

つまり、前王の成年の儀式に祝福を与えた山羊獣人も、必然的に村長だということになる。

当時を知る者によると、その頃の前王はまだ婚約者もおらず、どうやらテオレルと一時は結婚するのではないかという噂まであったらしい。だが、テオレルは七日間儀式が終わるとすぐに村に返され、前王はそのあとで王家に縁の深い貴族の家柄の現王太后と婚約し、さらにラウリーの母である第二夫人までをも娶った。

「父はもう亡くなっているので詳しい話はわからないが……おそらく、テオレルが若くしてアルデの村の長に任じられたのは、父が山羊族の長老に働きかけたからだろう……せめてもの詫びの意味もあったのかもしれない」

アルデの村は、王家の所有する山にある。そのせいか、代々の村長を任命するのはヴォルフ族の王と決まっているのだ。

そこまで説明されて、ようやくシリルにもなぜ村長が自分に冷たく当たったのかがわかった気がした。

「僕……村長様に、憎まれていたんですね……」

金の子山羊として生まれたこと、そして幼い頃にラウリーと出会ってすんなりと婚約者となり、幸運にも、彼に存在を忘れられることなく想いを寄せられ、大切にされてきたこと。もし、村長が本当に前王を慕っていたのだとしたら、伴侶として迎えられることなく村に戻された自分の身を思い、あっさりとラウリーに望まれたシリルに憎しみを覚えるのもわからないでもない。

金色であることをひた隠しにして暮らすよう命じたのは、当初はもしかしたら本当に命を守るためだったかもしれないけれど、金の子山羊だとわかれば、シリルは大手を振って王家に迎え入れられてしまう。おそらく、村長はどんな手を使ってでもそれを阻止したかったのだろう。

――ただ金色に生まれただけで、自分はなれなかった正妃に望まれるなんて、と。

少し厳しい人だな、とは思っていたけれど、シリルは村長を嫌ってはいなかった。だが、情報を漏らせば命の危険があると知りながら、あえて商人にシリルの存在を伝えさせた村長は、シリルが傷つけられても構わない――いやむしろ、死んでほしいとさえ思っていたのかもしれない。

リニは眉をひそめていたが、シリルはこれまで、小さな村の中でそれなりに幸せに暮らしてきたつもりだった。

しかし、事実を知ってから思い返してみると、もしやと思うことがいくつもあった。中でも一番気にかかったのは、村長がシリルやリニなど、村の外に出る機会のある者に作ってくれていた、あの『お守り袋』のことだ。

命じられた通り、肌身離さず身に着け、湯浴みのときくらいしか外すことはなかったそれを、シリルは王宮で不注意からなくしてしまった。そして、お守り袋を身に着けなくなった数日後に、十年以上も見えなくなっていた精霊たちの声が聞こえるようになり、さらには失っていたはずの獣体に変身できる力も取り戻すことができたのだ。

意図して精霊を見えなくさせるなんて無理だと思いたいけれど、何かあの袋の中に、リニの言うように頭がぼうっとする――たとえば感覚を鈍らせるような香りを出す草を、あえて選んで入れてあったのだとしたら――？

精霊が見えなくなったことで、シリルはかなり落ち込み、変身できない自分が金の子山羊であるという感覚や自負もすっかり失ってしまっていた。

それに、幼い頃は山の中を一人で散歩するとき、たびたび野犬に追いかけられたり毒蛇に出合ったりするのは慣れっこだったが、おそるおそるリニに打ち明けてみると、それも「あり得ません。あの山に野犬がいるわけがないでしょう」と彼は顔を青褪めさせた。

よくよく考えてみれば、そもそもシリルの父が亡くなり、母が床につく原因となったのも、幼いシリルを金の子山羊と知って拉致しようと企んだ者がいたためだ。その犯人は亡くなっているので事実はもうわかりようもないけれど、こうなっては、その事件すらも、村長の導きによるものではないとは言い切れなくなる。

そこまで考えたとき、初めてシリルは村長が抱えてきた『金の子山羊』に対する、あまりにも深い憎悪を知った気がした。衝撃は深く、リニとサシャ以外の使用人が恐ろしく思え、別棟を出ることすら足が竦むようになってしまった。

ラウリーはそんなシリルの気持ちが落ち着くことを何よりも優先してくれて、二人の婚約発表は先送りとなった。

村長は意図的にシリルの情報を漏らしたこと以外、これといった明確な罪を犯したわけではなかったが、数々の証拠から、彼が『金の子山羊』をあえて危険に晒そうと画策していたことは間違いない。

場合によってはシリルはアルディンの手でハイダールまで連れ去られた上、王への捧げ物にされて、命を落としていた可能性すらあるのだから。

その後、テオレルは裁判にかけられたが、どんな証拠を出されても、どんな証言が出ても、黙秘を貫いた。そのせいで、罪はいっさい減刑されることなく、最終的に彼はアルデの村を追われ、付き添う者もなく国外に追放されることが決まった。ずっと村長として尊敬され続けてきた身だというのに、これから他国に出され、見知らぬ人々の中で一人で暮らしていくのは容易なことではないだろう。

罰としては軽いように見えても、実質的には死刑も同然の、極めて重い処遇だった。

＊

時間はかかったものの、日々が過ぎていくごとに、少しずつ、シリルの気持ちも落ち着いていった。なんとかこれまでのような元気を取り戻せたのは、周囲の人々の存在が大きかった。いつもそばにいて支えてくれるリニ、細やかに世話を焼いてくれるサシャ、警護のロドニーとレンス、それから愛するラウリーのおかげだ。

ある日ふと思い立ち、そういえばなぜあんなに剣が上手に使えるのかとリニに訊ねると、彼は「ロドニーたちに頼んで、村で彼らの手が空くたび、剣の稽古をつけてもらっていたんです」と話す。そして、その理由を、亡くなる間際のシリルの母に頼まれたからだと打ち明けられて、シリルは驚いた。母が亡くなったのはシリルが十歳頃のことで、当時、ラウリーよりひとつ年上のリニは十五歳くらいのことだからだ。

話を聞くと、シリルの母は、亡くなる前、マーリオと共に身の回りの世話をしに来たリニに、必死にシリルを頼むと訴えたのだという。

「病床から、手持ちの古い宝石や、なけなしの金貨を全部包んで、受け取れないと言っても何度も何度もあなたのことをお願いされて、それは鬼気迫る勢いでした。私もその頃はまだ子供だったけれど、とても断れる気はしなかったんです」

初めて聞く話だった。シリルは、物心つく前に病床の母とは離されてマーリオの手で育てられたので、ずっと床に伏したまま亡くなってしまった母の記憶があまりないのだ。

「ふたりとも早世してしまったから、私には両親がいませんけど……母親というのは、こんなにも子供を大事に思うものなんだな、と胸を打たれたんです。だから、『わかりました、シリル様のことは私が必ず守りますから』って引き受けることにしました。そうしたら、しばらくしてお母様は亡くなられて……引き受けたからには責任を取らなきゃと、剣の腕も必死で磨いたし、いざというときはシリル様のために命だってかけると決めていたんですよ」

リニは冗談ぽく打ち明けるけれど、賊に襲われたとき、彼は本当にシリルの身代わりになろうとした。母の思いを真剣に受け止め、彼が本気で身を挺してシリルを守ろうとしてくれたのだと思うと、胸が締めつけられるような思いがした。

「そうだったんだ……とても感謝してるけど、でも、もう二度とあんな危険なことしちゃ駄目だよ」

シリルが言うと、リニは肩を竦めた。

「ああいう行動に出るのは、きっと私だけじゃありません。たぶん……お母様から頼まれなくても、村の者なら誰でも同じことをしたんじゃないかと思います」

「な、なぜ？　あ、……僕が、金の子山羊だから……？」

驚いて訊ねると、リニは首を横に振り、急に真面目な顔になって言った。

「それは、あなたが……幼い頃からずっと村のために、毎月毎日、厳しい退屈な儀式でも決して欠かさずに身を尽くし、心を込めて祈ってきてくれたからです。風邪をひこうが熱を出そうが、意識がある限り、ふらふらでも村長はあなたに儀式をやらせていたでしょう。村人はそれを不憫に思っていたけれど、村長に口出しはできなくて……だからいっそう、あなたに深く感謝していたんですよ。生まれた毛の色が金色かどうかなんて関係なくて、あなたの真摯な祈りはちゃんと私たちに届いていて、いつも一族の者を守っていたんです。皆言っています。『いつでも金の子山羊が私たちを守ってくださるから、うちの村は大丈夫』って」

意外な言葉に、シリルは目を瞠った。

「安易に金の子山羊に話しかけてはならないと村長にきつく言われていたから、皆、代わりに私にお礼を言って、食べ物や捧げ物を持ってくるんです。いつもありがとう、シリル様を大切にしてね、よくお世話して、いいものを食べさせてあげて、と」

そういえば、村の人々はいつもシリルを見ると、話しかける代わりに深々と頭を下げてくれた。距離があって寂しく思うこともあったけれど、彼らがそんな気持ちでいてくれたのかと思うと、胸がじんわりと熱くなった。

厳しい定めが多く、つつましい暮らしの中でも、シリルは生まれ育った山と村が好きだった。

だから、血の繋がった家族はもういなくとも、その代わりに、優しくて弱い一族を、自分がなんとかして守らなければと、ずっと思っていた。

狼族の庇護がなければあっという間に滅びてしまいそうな一族だが、狼族にもまた、山羊族の存在がぜったいに必要なのだ。

ただ金色に生まれただけで、これから自分に何ができるのかはわからない。けれど、シリルを助けて命を落とした父と、シリルを心配しながら天に召された母と、そして狼と山羊のふたつの種族のために、これからも欠かさず、命の尽きるまで祈ろうと、シリルは強く心に決めた。

＊

狼族の王との結婚は、特殊だ。

王に嫁ぐと、妃のすべては王のものとなる。

狼王との婚姻は、平民がするような、互いに伴侶になるという約束ではなく、王にすべてを捧げて忠誠を誓うためのものだ。そしてその代わり、王は妃をすべてのものから守り、死ぬまで慈しむという誓いを立てるのである。

式を執り行う大神官からヴォルフ王家との婚姻の誓いの話を聞いたとき、ふとシリルは、前王の王妃——現王太后のことを思い出した。正妃として迎えられた彼女が、なぜあれほど第二夫人となって王に愛されたラウリーの母と、その息子であるラウリーを激しく憎んだのかが、悲しいけれど少しだけ理解できた気がしたのだ。

大神官に話を聞く前に、ラウリーはシリルに『俺は君にこれまで通りの従属的な誓いを立てさせるつもりはない』と話した。

シリルが牧羊神とされる金の子山羊だからか、国の重鎮や貴族たちからも、従来の誓いを行わず、二人の間の対等な婚姻とすることは、意外なほどすんなりと認められたようだ。

だが、シリルはあれこれと考え、悩んだ末に、大神官に密かに希望を打ち明け、古来通りの誓いを立てることを決めた。

——そして、式の当日。シリルはマーリオとアルデの村のお針子たちが手を尽くして金糸で刺繍を入れてくれた美しいベールを纏い、王家専属の仕立て職人が縫い上げてくれた婚礼衣装を身に纏った。

王宮内の神殿には、限られた身内だけが参列している。狼族の王族と血縁者の貴族たち、そして山羊族からは家族同然であるリニと乳母のマーリオ、そしてマーリオの家族たちも参列してくれた。

皆と目を合わせて微笑み、大神官の導きでゆっくりと中央の通路を進んでいくシリルは、祭壇の前で待っていたラウリーの前に立つ。今日のラウリーは、金色の階級章と肩当てのついた深紅の上着に、白いズボン、黒いブーツを履き、腰からは長剣と短剣の二本の剣を下げている。ダークブラウンの髪と、わずかに髪より明るい色の獣耳と尻尾が、上着よりも濃い臙脂色のマントに見事に映えている。

彼の前までシリルを連れていくと、大神官が祭壇の脇に行き、最初に天帝に祈りを捧げて、今日の式の許しを得た。

「では、花嫁の誓いを」

ヴォルフ王家においての婚姻では、まず花嫁が誓いを立て、次に王族がそれを受けて約束を

交わす。大神官に促されて頷き、シリルはラウリーと向き合うと、彼の前で跪き、手を胸の前で組むと、震えそうになる口を開いた。

「私、アルデの村のシリルは、国王であるラウリー・レーンフェルト・ヴォルフ陛下に心からの忠誠を誓い……この身のすべてを捧げて、生涯お仕えすることを誓います」

その言葉を聞いて、ごくわずかに教会内がざわめく。こちらを見下ろすラウリーが目を瞠った。

彼が驚いているのか、それとも、予定していた通りの対等な誓いを立てず、勝手に古来の風習を踏襲したシリルに怒っているのかはわからない。

シリルがぎくしゃくと立ち上がり、おずおずと見上げると、彼は小さく笑った。

そして、今度はラウリーがその場に片膝を突く。

シリルの前で跪いた国王に、大聖堂の中に一際大きなどよめきが起こった。

「我、ラウリー・レーンフェルト・ヴォルフは、アルデの村の山羊族、金の子山羊であるシリルを心から慈しみ、生涯唯一の伴侶として愛することをここに誓う」

そう言って、彼はシリルの手を取り、その甲に恭しく口付ける。

(生涯唯一の伴侶……)

大神官から聞かされた国王のものとは異なる誓いに、シリルは思わず息を呑んだ。

国王の誓いを聞き、シンと静まり返っていた教会内にはさらに大きなどよめきと歓声が上がる。教会の中は大変な騒ぎになった。

「あとの世話は私がやる」

心配そうなリニとサシャをそう言って下がらせ、ラウリーが寝室の扉を閉める。

＊

結婚式のあと、王宮の広間で盛大な披露の宴が張られた。今夜は夜を徹して続くというその祝いの場を、国王夫妻は日暮れが過ぎた頃にはあとにした。

その理由は、たった一杯だけ飲んだ酒で立てなくなってしまった花嫁を介抱するためだ。ラウリーに抱き上げられて、シリルは別棟の寝室へと連れていかれた。

サシャたちが下がっていくと、マントを外して寝台の足元にかけ、ラウリーがそばに戻ってくる。彼は寝台の脇のテーブルに置かれた水差しの水をグラスに注ぐ。

寝台の上に仰向けに寝かされたシリルがぼうっとそれを眺めていると、そっと背中を起こされて、ゆっくり抱えられる。ラウリーがグラスを呷り、口移しで水を飲ませてくれる。こくん、と一口飲み、それを何度か繰り返してから、彼はシリルの口の端から垂れた雫を指先で拭ってくれた。

「具合が悪いわけではなく、酔っぱらってしまったんだな？」

「はい……」

訊ねられて、シリルは恥ずかしさにうつむきながら答えた。

シリルはどうやら自分があまり酒に強くないようだと知った。ラウリーの誕生日にほんの一口舐めたことがあったけれど、ちゃんと飲むのはこれが初めてだった。

酒が飲める十六歳を迎えた今年の誕生日の少し前には、ラウリーがたくさんの贈り物を持って村にやってきてくれた。村人たちが祝いの酒をリニに持たせ、誕生日当日には、マーリオとリニがシリルの好物の料理とケーキを手作りして、ささやかなお祝いをしてくれた。けれど、どんなに美味しい好物を並べてくれても、食べるときにはラウリーがいない限り、シリルはひとりぼっちなのだ。そんなときに初めての酒を一人で飲もうという気持ちには到底なれなかった。

だから、宴で招待客から酒を勧められて、いまは隣にラウリーがいるのだと思うと嬉しくて、つい気分よく杯を空けてしまったが、まさかたった一杯で足元がおぼつかなくなるほど酔うとは思わなかったのだ。

たどたどしくそのことを打ち明けると、ラウリーは優しい笑顔になった。

「ならば、次の誕生日こそは俺と一緒に飲もう。それに、きっと弟たちや王宮の者たち、それから国民も、皆君の誕生日を盛大に祝いたがるだろう。だが、酒は俺と二人のときしか駄目だぞ?」

次の誕生日の話をされて、シリルは思わず頬を緩めて頷く。

満足げに口の端を上げたラウリーが、シリルの背を寝台の枕元にもたれさせると、頭から王妃の冠とベールを外してくれる。代々王家に伝わる、金にたくさんの真珠があしらわれた、美しく繊細な冠だ。

そのまま覆い被さってきた彼が、シリルの手を握り、そっと唇を重ねてきた。やんわりと唇を吸われ、ぎゅっと手を握られる。

明日より数日間、彼は結婚の休日を取って政務を休み、シリルと一緒に過ごしてくれるという。

——そして、これからは、毎日ラウリーと共に暮らせるのだ。

幸福な気持ちが胸を満たし、寝台の上に身を預けてされるがままに彼の口付けを受け入れる。熱い唇と、そっと舐めてくる舌の感触が心地よく、全身がいっそう熱くなっていく。

何度か唇を食んでからキスを解いた彼が、とろんとしているシリルの顔を見て苦笑した。

「頬が真っ赤だ。かなり酔いが回っているようだな。やはり、着替えの手伝いを呼ぼう。今夜はもう休んだほうがいい」

「え……」

そう言って身を起こす彼にシリルは驚く。

「お、お待ちください、ラウリー様……！」

慌てて自分も重たい身を起こし、彼の腕を掴む。

腰かけていた寝台から立ち上がろうとしていたラウリーが振り向く。頭の上の獣耳が、驚いたみたいに片方伏せている。

「どうして、行ってしまわれるのですか」

「君は酔っているし、眠たそうだから……」

「僕はまだ眠くなどありません」

必死に訴えると、彼が小さく笑った。

「シリル、心配しなくても大丈夫だ。警護は厳重にさせてあるし、この部屋は続き部屋を通ればその隣がもう俺の部屋だから、何かあったらすぐにでも駆けつけられる。俺もずっとこの館にいるから」

ふたつ隣には彼の部屋がある。それは途方もない安心感で嬉しくなったが、今夜のこととは別問題だ。

掴んだ手を離さずにいるシリルに、ラウリーが苦笑してそっとその手を外させると、優しく握ってくる。

「できることなら、着替えや湯浴みまで俺が世話してやりたいところだが――そうしてしまうと、我慢できなくなりそうなんだ」

そう言うと「おやすみ、いい夢を見てくれ」と囁いてシリルの額にキスを落とし、ラウリーは立ち上がろうとする。

「だ、だめです、行かないで……！」

慌ててまた引き留めると、ラウリーは驚いた顔で動きを止めた。

ハッとして慌ててうつむいたが、頤に手をかけられて、そっと顔を上向かされる。

「なぜ、駄目なんだ？」

ラウリーの琥珀色の交じった焦げ茶色の目が輝いている。

口の端を上げて「言ってくれ」とせがまれて、黙っていることはできなくなった。

「だ、だって……今夜は、初夜だから……」

一瞬、息を詰めた彼が、考え込むような間のあと、もう一度寝台の端に座り直す。

「酔っているし、疲れてもいるだろう。眠そうならば、無理にするのは可哀想だと思ったのだが……、いいのか？」

笑みを含んだ声で訊かれて、シリルはこくりと小さく頷く。

背中に腕を回して抱き寄せられ、顔を覗き込まれる。

本当に？と額を擦り合わせるようにして再度確認されて、シリルは思い切って頷いた。

「だって、僕も、この時を待っていたのです……」

羞恥を堪えて、正直な自分の気持ちを伝える。

祝福の儀式で七日間触れられたけれど、あれは祝福の儀式のためだ。今夜は儀式のためではなく、彼に触れられたい、抱き締められて、ちゃんと彼の妃、本物の伴侶になりたかった。

そう言い終えるなり、背中に回された腕に力が込められ、ぐいと抱き締められる。

すぐにやや荒っぽく、情熱的な口付けで唇を奪われた。

「ん、んン……っ」

顎を掴まれて、咥内に舌が潜り込んでくる。シリルの舌を絡めて擦り、彼が吸い上げる。濃厚な口付けに頭がぼうっとした頃、唇を離して彼が囁いた。

「……俺こそが、今日のこの日をどれだけ待ち望んでいたことか」

そう言われて、もう一度寝台に押し倒されると、そのまま彼の手がシリルが纏っている婚礼衣装の胸元のボタンにかかった。

胸元を大きく開けられると、口付けだけで、すでに少しぷくんと膨らんでしまった小さな淡い色の乳首があらわになる。そこをまじまじと見つめられ、顔を近づけてきた彼がそっと口付ける。

「あ……っ」

乳首だけをあらわにされて舐められるのはあまりにも淫らで、強い羞恥がシリルの中に込み上げてきた。

「あぅ……、ん、は……っ」

ねっとりと舐《ねぶ》られたかと思うと、狼獣人の鋭い歯で甘噛みをされ、思わず仰け反る。

分厚くて長い舌で執拗に舐め回され、唇に挟んで少し強めに吸われながらもう一方を指先で摘まれると、腰にまでびりびりとした甘い疼きが走ってしまう。

彼は結婚の夜まで辛抱強く持つと決めたので、こうしてラウリーに肌を暴かれて触れられるのは、『祝福の儀式』以来のことだ。

そして、儀式のためではなく服を脱がされるのは、これが初めてだった。

長い間恋してきた相手との初めての夜だ。あまりにも幸福すぎて、すべてが夢だと言われたら、やはりそうかと信じてしまいそうなほど、シリルはまだ現実を受け止め切れずにいた。

さんざん両方の乳首を弄って悶えさせたあと、彼はシリルの婚礼衣装の前ボタンをすべて外して、前を開いた。

すぐに下穿きを下ろされて、手早く脱がされる。

何も身に着けない腿を撫でられ、寝台の上に膝を折って座った彼の脚の上に腿を乗せられる。

脚を大きく開かされて、腰をぐっと引き寄せられた。

「待っていてくれた、というのは本当だったんだな……」

シリルの婚礼衣装を脱がせ、恥ずかしい格好にさせた彼が、ため息交じりに言う。

自分でも気づいていた。ずっと触れられることがなく、自分でも触れていないシリルの性器は、先ほどの口付けと胸への愛撫だけで半ば頭をもたげている。どれだけ彼に触れられて嬉しいかという気持ちを素直に表してしまっている。

「ぼ、僕……ずっと、あなたのことが好きで……」

シリルが話し出すと、ラウリーがぴたりと動きを止める。

「小さい頃から大好きで、もっとたくさん会いたくて……、だから、いつかあなたと、毎日一緒に暮らせるようになる日を、ずっと、夢見てきたんです」

長い間抱き続けてきた夢を口にすると、ラウリーが優しくシリルの頬を撫でる。

――ラウリーと毎日会いたい。一緒に食事をとって共に眠り、もっと多くの時間を彼と一緒に過ごしたい。

贅沢に興味はないし、与えられた責務もできる限り果たす。我儘を言うつもりもない。ただ、彼といること、ずっと一緒に暮らしていくこと、それだけが、昔から願い続けてきたささやかなシリルの願いだ。

「世界で一番可愛いシリル……今日からは俺の伴侶だ」

目を細めて言った彼が、また身を倒して、シリルの唇を深く奪う。

「ん、ふ……っ」

胸元を撫で回しながら情熱的な口付けをされて、息が上がる。

彼の大きな手がシリルの薄い腹を撫で、下腹部まで下りると、優しく性器を握り込む。半ば勃った小ぶりな茎を、睾丸ごとそっと揉むようにされる。

「んんっ」

だが、今日はこれまでのようにそこを熱心に弄ることはせず、彼の指はその後ろ——窄まったシリルの後孔にそっと触れた。

「前は、あとでじっくり可愛がってやる。今日はここに入りたい」

そう囁かれて、ころりとうつ伏せにされ、山羊の尻尾をよけて尻を撫でられた。

肩に纏わりついていた婚礼衣装が脱がされ、腹の下にふたつクッションが差し込まれて、肌着を腰まで捲られる。

何をされるのかとどきどきしながら目で追っていると、彼は腰に帯びた長剣と短剣を外して上着も脱ぐ。ベストとシャツ姿になってから、寝台の脇のテーブルの上にある瓶を手に取り、中身を掬っているところが見えた。

それからシリルは、後ろをじっくりと嫌というほど慣らされた。

尻の狭間はすでに香油でぐしょぐしょに濡れ、彼の長くて太い指が三本入るまで、執拗に中と入り口を解される。山羊尻尾まで香油がついて、ぶるぶると揺れている。

「ラ、ラウリー様、もう……、あっ、あ、ぅ……！」

性交の支度が必要だというのはわかる。だから、そのために、ただ香油を塗り込まれて解されているだけなのに、シリルは中を擦る彼の指にすっかり昂ってしまっている。快感に震えて何度も指を締めつけてしまい「これでは動かせないぞ？」と苦笑されて必死に躰の力を抜くことを繰り返す。山羊耳は混乱してぴったりと頭に伏せ、躰中がぴくぴくする。

何度も躰を震わせるシリルに「いい子だから、もう少し辛抱してくれ」と言って、ラウリーはそこを弄り続ける。指は苦しいし、香油でべとべとの尻が気持ち悪いとも思うのに、指で擦られている中がじんじんと疼いてたまらない。祝福の儀式の最後の夜に初めて暴かれたその孔は、ラウリーの指の感触をすっかり覚えてしまったようで、ゆっくりと注挿されると、声が抑えられないくらいに躰が痺れてしまう。

ほとんど触れてもらえていない前がたっぷりと先走りを垂らして、クッションを濡らしてしまっていることがわかる。

びくびくする山羊尻尾が、彼の指に触れる。そのたびに優しく撫でてくれるが、尻尾の付け根辺りは非常に感覚が鋭敏なところなので、余計に躰が震えるばかりだ。

指だけで息も絶え絶えにされた頃、「そろそろ、俺も限界だ」と呟いて、彼がやっと指を抜いてくれた。

ラウリーがベストとシャツを脱ぐと、驚くほど鍛え上げられた逞しい肉体があらわになった。容貌はきりりとしているもののまだ青年に見えるのに、脱いだその躰は完全に雄の成獣のものだ。肌着を腕から抜かれて脱がされると、シリルの躰はもう隠せるものが何もなくなってしまう。

羞恥でぎこちなく身を丸めようとした躰をそっと押し留められ、今度は仰向けに寝かされる。それから腰の下にクッションを入れられ、恥ずかしいくらいに脚を開かされた。

彼はズボンの前を開くと、そこから、髪よりも少し濃い色の体毛を根元に纏わせた、充血した赤黒い色の性器を取り出す。シリルの小さな拳と同じほどもありそうな先端の膨らみに、茎には浮き出た血管を纏わせていて、怖いくらいに大きい。

その楔は、彼の興奮を表すかのように、すでに完全に上を向いている。

思わず呆然と見つめると、身を倒してきたラウリーが頬と、額に軽くキスを落とし、それから唇に恭しく口付けてきた。

彼が先ほど外した短剣にちらりと目を向けて言う。

「……途中で獣体に変化しないように気をつける。獣の姿になったら、完全に理性が飛んでしまうからな……もしものときは、あの短剣で刺してくれれば、おそらく戻れるから」

「そ、そんな……」

彼を刺すなんて、できるはずがない。

シリルが驚いて首を横に振ると、ラウリーは小さく笑い、山羊耳を優しく撫でた。

「俺は本気だ。王族は特に野性の血が濃い。行為の途中で変身したりしたら何をするかわからない。もし俺が我を忘れて噛みつけば、君を殺してしまうかもしれない。ぜったいに傷つけたくないんだ」

口元は笑みを浮かべているが、目には真剣な色が浮かんでいる。

「でも……、でも、ラウリー様……」

彼はまだ混乱しているシリルに「持っていられるか？」と言って自らの脚を抱えさせると、滴るほどに香油で濡れた後孔に自らの性器の先端をあてがう。

幾度かなぞるようにそこを擦られたあと、ふいに「入れていいか」と低い声で囁かれる。シリルは震えながら頷いた。

『獣の姿になるかもしれない』という予告とは裏腹に、ラウリーはこれ以上ないほど気遣いながら、ゆっくりとシリルの中に挿入してきた。

「あ、う……っ」

どれだけ慣らされていても、硬く張り詰めた尋常ではない大きさのものを押し入れられるのは苦しかった。まともに息ができなくて、苦しさに喉を詰めるたびに、呼吸をするように促される。

ようやくすべてを呑み込まされると、いったいどこまで入っているのかと思うほど大きかった。

「……シリル？　大丈夫か？」

囁かれて目を開ける。肌に汗を滲ませ、快感と苦しさを堪えたような彼の表情を目にすると、辛さよりも圧倒的な充足感が湧いてきて、シリルの胸を満たした。

本当に、ラウリーのものになれた。彼はいま、シリルのことだけしか見ていない。そしてシリルの中も、彼だけでいっぱいだ。いまだけは、世界中に二人だけしかいないようで、たとえようもない幸福を感じ、シリルは陶然とする。

大丈夫だとシリルが頷くと、彼がホッとした顔で口の端を上げた。

「少し、動いてもいいか？」と訊ねられて、シリルは「はい」と答える。彼はなぜか動かないまま、手を回してそっとシリルの尻を撫でてきた。やんわりと掴んだそこをゆっくりと揉むようにされると、中を限界まで押し広げている彼の性器の存在をいっそう強く感じる。

「あ……っ、あ、ぁっ！」

中を強烈に刺激され、無意識のうちに躰をぎゅっときつく強張らせる。何度かそうされただけで、気づいたときには、シリルは自らの腹の上に蜜を垂らしたまま呆然としていた。

（な、なに、これ……？）

繋がったまま達するのは、性器を刺激されて出すのとはまったく違う快感だった。出しても衝撃が去らず、まるで体のあちこちでびりびりと火花が散っているような感覚で、いっこうに刺激が収まってはくれない。

あっという間に達して、ひくひくと身を震わせる。そんなシリルの額にちゅっと音を立てて口付けたラウリーは「そろそろ、大丈夫そうだな」と口の端を上げ、大きな手でシリルの腰をしっかりと掴み直す。

「あ、あ……っ」

ごくゆっくりとした抽挿だったが、ゆるゆると腰を動かされると、強張ったままの中のものが狭い粘膜を擦り上げていく。達したばかりの過敏な躰にはたまらないほどの刺激で、シリルは身を引き絞りながら、必死に彼の逞しい腕に縋って喘いだ。

「あぁ……っ、ん、あう、ああっ……」

ぐちゅぐちゅという音と香油をこねるような卑猥な音が鼓膜を刺激する。繋がった場所が熱くて、甘い喘ぎが止められなくなる。シリルが痛がっていないとわかると、ラウリーの突き上げる動きは次第に速くなってきた。先ほど出したはずのシリルのものはいつの間にか再び勃っていて、揺らされるたびに、先端からとろとろと嬉しげに雫を垂らしている。

繋がったままそこをやんわりと掴まれて、先端の濡れた孔を優しく擦られる。そうされると、後ろの孔がきゅっと彼を締めつけてしまう。

「辛くはないか？」

こめかみに口付けられ、気遣うように訊ねられる。ぎくしゃくとシリルが頷くと、彼が精悍な頬を緩めた。

今度は「気持ちがいいか……？」と訊かれて、それにもシリルは真っ赤になっているであろう顔でこくこくと何度も頷いた。もう何も誤魔化すことはできない。シリルが反応する場所に気づいた彼が、そこを執拗に何度も擦ってくる。そのたびに脳天まで突き上げるような痺れに腰を捩る。

「いい……、きもちいい……、ああっ、あん、ラウリーさまぁ……っ」

前からさんざん突かれたあと、ぐいと身を起こされて、シリルは体格のいい彼の膝の上に乗せられる。今度は下から小刻みに突き上げられ、必死で彼の肩に縋った。

「俺も、とても気持ちがいいよ……」

低くて甘い声で耳元に囁かれ、山羊耳にちゅっと音を立てて口付けられる。被毛を撫でつけ

るように優しく舐められ、軽く歯を立てられると、びりっと躰に電流が走ったみたいになって、思わず中にいる彼のものにきつく絡みつく。ラウリーが苦しげな息を吐き、中を穿つ動きが激しさを増した。

「シリル……、シリル……っ」

名を呼ばれながら、易々と揺らされ続け、シリルはひたすらラウリーの熱に翻弄された。まだ達していないラウリーのものは、恐ろしく硬くなっている。

「あんっ、ああ……、だめ、また……っ」

尻の奥を張り詰めたものでぐりぐり突かれているうち、堪え切れずにシリルはすでに何度か蜜を出してしまった。そのせいで、下腹はもはや恥ずかしいくらいに蜜でぐっしょりと濡れている。

いまや全身が愉悦に支配されていて、硬い指先で少し乳首を摘まれたり、熱い唇で肌を吸われたりするだけで、すぐに軽い絶頂に達してしまう。

「あ、っ、ああ……っ」

ずっと達しているような感覚に、恥ずかしい喘ぎと痙攣が止められない。気持ちがよすぎて目の端からいつしか涙が溢れている。獣体になるのを危惧していたのは彼のほうだったはずなのに、どうしてか、自分のほうこそが理性をなくした動物のようになっている。それでも、淫らな反応を止めることはできず、シリルは羞恥と混乱でどうにかなってしまいそうだった。

「シリル、大丈夫か……？　もうやめるか？」

ちっとも躰に力が入らず、びくびくするばかりのシリルを気遣い、ラウリーが寝台の上に寝かせる。

「あ……んっ」

ゆっくりとすべてを引き抜かれ、とっさにシリルは彼のほうを見上げる。

「や、やめないで……」

必死に言った言葉に、彼がびくりとして動きを止めた。目が合うと、まるでこちらに引き寄せられるみたいにラウリーが再び身を伏せてシリルに顔を寄せ、口付けてきた。

また唇が触れると、胸が熱くなって、シリルの全身が多幸感で満たされる。

丁寧に身をうつ伏せにされて、今度は腰だけを引き上げられる。

「ああっ！」

後ろから濡れ切った後孔にずぶずぶともう一度彼の雄を呑み込まされ、シリルは声を上げた。最奥まで挿入され、軽くそこを先端で擦られながら、乳首を強く摘まれると、頭の芯がびりびりと痺れる。何ひとつ拒めず、ただシリルは涙と喘ぎを漏らすことだけしかできなくなって、彼の与える刺激にひくひくしながら身悶える。

ふいに彼がシリルの腰を強く掴んだ。

「すまない、限界だ……少しばかり、激しくする」

苦しげな声でそう言われるが早いか、いきなりずんと激しく突き上げられた。

「ひ、ああっ！」

ぎりぎりまで引き抜かれ、小さな尻を押しつぶすほどに深く突き入れられる。香油なのか彼の先走りなのかもわからないものでしとどに濡れた後孔を、昂り切った極太の性器で荒々しく犯される。必死に枕に縋り、泣きながら受け止め切れないほどの刺激を堪える。

中をぐちゅぐちゅと擦り立てる音は、使われた香油と、ラウリーの先走りが混ざったものだ。彼の息はいつになく荒い。胤《たね》を注がれるのももうじきだと思うと、恐れと期待で体の奥が疼く。

「シリル……、君は俺のものだ」

身を倒してきた彼が独占欲を感じさせる言葉とともに、こめかみに口付け、耳を食む。ややきつめに噛まれて、全身に強烈な痺れが走った。いつになくきつく身を引き絞ると、猛りを深くまで押し込んだ彼が、シリルの最奥に熱い胤をどっと注ぎ込む。

「あ……あ……っ」

二度、三度と腰を穿たれ、最後の一滴まで飲ませるように中へと猛烈に突き込まれる。

愉悦に蕩ける中で、ハッとした。シリルの頭の横についたラウリーの手にみっしりと獣毛が生え、爪が伸びている。

興奮のあまり、彼が獣体に変化しそうになっているのだ。

そのことに気づき、シリルはラウリーの手に自分の手を重ねる。顔を寄せて、毛だらけの逞しい腕に頬ずりをし、そっと口付けた。

――もし、彼がオオカミの姿になったとしても、少しも怖くない。何もかも受け止めるし、ぜったいに離れたり、恐れたりもしない。

そんな気持ちを込めて触れると、ラウリーの腕がびくりと強張る。ゆっくりと獣の毛が薄くなっていき、いつしか爪も人のものに戻ってホッとした。

昔から、金の子山羊は狼王の荒れ狂う血を収めて、そばに寄り添ってきた。それと同じように、自分もまた、ラウリーの滾る血を静められたのだと思うと、安堵で体の力が抜ける。

ずっと、金の子山羊として求められる責務に答えたいと思って生きてきた。シリルにはそれしかなかったからだ。けれど、ラウリーはシリルの毛色が何色であっても構わず、大切に愛してくれる。

シリルもまた、ラウリーが国王ではなく、ただの狼獣人になろうとも、何ひとつ変わらずに彼を愛し、尽くして支え続けるだろう。

子供の頃からずっと、ラウリーがただの山羊獣人だった自分の存在を忘れず、長い間大切に思い続けてくれたように。

そんなことをぼんやりとした頭で考えていると、背後から覆い被さってきた彼に強く抱き竦められた。そっと横臥の体勢にされ、ラウリーと向き合う。

「……シリル、愛してる」

意識が朦朧とする前に聞こえたのは、誓いのように唇に落とされた口付けと、それから、ありがとう、という思いの籠もった囁きだった。

＊

――レーンフェルト王国で結婚式が執り行われたその翌年。国王夫妻の元には待望の跡継ぎが誕生した。

生まれたのは、金色の被毛を持つ双子の子狼だ。

これまでの歴史上にない、極めて珍しい金色の狼王子たちの誕生に、大いなる幸福の証しだと国中が喜びで満ち溢れた。

そっくりな二人の幼い狼王子は、世間の騒ぎなど知らないまま、愛し合う両親の元ですくすくと元気いっぱいに育っていった。


週に一度、日暮れの頃に、王宮の庭園は立ち入りが禁じられる。

しばらくすると、庭園にはダークブラウンの毛並みを持つ大きなオオカミと、それから夕日に輝く金色の毛をした子オオカミ二頭が姿を現し、駆け回って遊び始める。その様を、庭園の端のベンチに腰かけた山羊耳の王妃がにこにこしながら眺めている。

大きなオオカミは、子オオカミたちの相手に疲れると、王妃のところに来てそばでゆったりと伏せる。時折、彼の足元に頭をすりすりとしてみたり、または伸び上がって山羊耳の匂いをくんくんと嗅いでみたりと、仲睦まじいことこの上ない。

両親が一緒にいるのに気づくと、二頭の子オオカミは急いで走ってきて、父オオカミの背中と、山羊獣人の母の膝の上を奪い合って、コロコロと地面を転がりながら喧嘩を始める。

幸せな国王の一家は、完全に日が落ちるまで広々とした庭園を満喫する。

そうして、思い切りくたくたになった子オオカミたちは、うとうとしながら一頭は母の腕に抱かれ、もう一頭は父オオカミの背中に乗せられて、のんびりと王宮へ帰っていくのだった。

END

＊　あとがき　＊

この本をお手に取って下さり、本当にありがとうございます！

二十二冊目の本は、狼獣人の王ラウリーと山羊獣人のシリルの獣人×獣人の恋のお話になりました。

以前見かけた子ヤギがあんまりにも可愛くて、いつかヤギ獣人のお話を書かせていただける機会があったらと思っていたので、プロットにOKいただけてとても嬉しかったです。

今回の受け攻めは幼馴染の間柄で、山から下りることを禁じられているシリルはラウリーの訪れを待ち望みながら成長しますが、シリルの方が依存しているようでありながら、実はラウリーの方がいろんな意味で切実にシリルを求めていたりします。

一見、受けが攻めに縋っているようでありつつ、実は攻めのほうが受けを強く必要としている……みたいなお話がとても好きなので、その辺りなど書いていてとても楽しいところでした。

お話のその後は、ラウリーの弟のウィンザーは王太后の勢力を引き継ぐけれど、成長するにつれ兄の立場的な苦労や、自分の母が彼にしたことなどを知って、母とは一定の距離を置き、双子の弟と共に兄を支える立場についてくれるのじゃないかなと思います。

あと、シリルは最初に金狼の双子を生んだあと、次はなんと金の子山羊を生むのですが、子供たちが成長すると、山羊獣人の弟を溺愛する狼獣人の兄二人という構図になり……そして、将来的にレーンフェルト王国は金狼の双子が王とその補佐につき、金の山羊獣人である弟を含めた三兄弟で国を守っていくような時代がやってきたりするかも……などと楽しく妄想しております。

ここからはお礼を書かせてください。

イラストを描いてくださったやすだしのぐ先生、今回も本当に美しいイラストをありがとうございました！　レーンフェルト王国は架空の東欧の国のようなイメージだったのですが、シリルの服が大変可愛くて、ラウリーの雰囲気もすごく素敵で大感激です。本文イラストのほうも拝見するのを楽しみにしております。

担当様、今回もいろいろとご迷惑おかけして申し訳ありませんでした！　快く調整して下さり、本当に感謝です。次作も頑張りますのでどうぞよろしくお願いいたします。

そして、この本の制作と販売に関わってくださったすべての方に心からお礼を申し上げます。

最後に、読んでくださった皆様、本当にありがとうございました！　少しでも楽しんでいただけたら本当に幸せです。
ご感想などありましたらぜひぜひお聞かせくださいませ。
また次の本でお目にかかれる機会がありますように。

二〇二一年五月　釘宮つかさ【@kugi_mofu】

プリズム文庫

エスヴァルドの王太子レオンハルトと神官のナザリオの結婚式が終わり、エスヴァルドは王太子妃の祖国である小国フィオラノーレに財政支援をすることが決まった。調査のための使者として、エスヴァルドからは王の甥のクラウスが向かうことになり、ナザリオの従者であるティモも同行することに。しかしティモは、誰からも好かれるクラウスになぜか苦手意識を持っており、さらには同行の警護のひとりがティモに手を出してきて……!?

NOW ON SALE

プリズム文庫をお買い上げいただきまして
ありがとうございました。
この本を読んでのご意見・ご感想を
お待ちしております!

【ファンレターのあて先】
〒153-0051 東京都目黒区上目黒1-18-6 NMビル
(株)オークラ出版 プリズム文庫編集部
『釘宮つかさ先生』『やすだしのぐ先生』係

プリズム文庫

狼王は金の子山羊を溺愛する

2021年06月30日 初版発行

著 者 釘宮つかさ
発行人 長嶋うつぎ
発 行 株式会社オークラ出版
〒153-0051 東京都目黒区上目黒1-18-6 NMビル
営 業 TEL:03-3792-2411 FAX:03-3793-7048
編 集 TEL:03-3793-6756 FAX:03-5722-7626
郵便振替 00170-7-581612(加入者名:オークランド)
印 刷 中央精版印刷株式会社

 ISBN978-4-7755-2963-8